waiting for you
yesterday.

我在昨天等你

waiting for you
yesterday.

如果一開始就知道自己會喜歡上誰就好了，
這樣我不會傷心，也不會害別人傷心。

出・版・緣・起

三百六十度全媒體出版

城邦原創創辦人　何飛鵬

當數位變革浪潮風起雲湧之際，做爲一個紙本出版人，我就開始預想會不會有數位原生內容出版社出現？如果會的話，數位原生出版會以什麼樣貌出現？而我又將如何面對這種數位原生出版行爲？

就在這個時候，我看到了大陸的起點網，這個線上創作平台，聚集了無數的寫手，形成數量龐大的創作內容，無數的素人作家在此找到了夢許之地，也成就了一個創作與閱讀的交流平台，而手機付費閱讀的習慣養成，更讓起點網成爲全世界獨一無二、有生意模式的創作閱讀平台。

基於這樣的想像，我們決定在繁體中文世界打造另一個線上創作平台，這就是POPO原創網誕生的背景。

做爲一個後進者，再加上我們源自紙本出版工作者，因此我們在POPO上增加了許多的新功能，除了必備的創作機制之外，專業編輯的協助必不可少，因此我們保留了實體出版的編輯角色，讓有心成爲專業作家的人，能夠得到編輯的協助，我們會觀察寫作者的內容、進度，選擇有潛力的創作者，給予意見，並在正式收費出版之前，進行最終的包裝，並適當的加入行銷概念，讓讀者能快速認識作者與作品。

這就是POPO原創平台，一個集全素人創作、編輯、公開發行、閱讀、收費與互動的一條龍全數位的價値鏈。

經過這些年的實驗之後，POPO已成功的培養出一些線上原創作者，也擁有部分對新生事物好奇的讀者，不過我們也看到其中的不足——我們並未提供紙本出版服務。眞實世界中，仍有許多作家用紙寫作，還有更多讀者習慣紙本閱讀，如果我們只提供線上服務，似乎仍有缺憾。

爲此我們決定拼上最後一塊全媒體出版的拼圖，爲創作者再提供紙本出版的服務，讓所有在線上創作的作家、作品，有機會用紙本媒介與讀者溝通，這是POPO原創紙本出版品的由來。

如果說線上創作是無門檻的出版行爲，而紙本則有門檻的限制，線上世界寫作只要有心，就能上網、就可露出，就有人會閱讀，沒有印刷成本的門檻限制。可是回到紙本，門檻限制依舊在。因此，我們會針對POPO原創網上適合紙本出版的作品，提供紙本出版的服務，我們無法讓所有線上作品都有線下紙本出版品，但我們開啓一種可能，也讓POPO原創網完成了「三百六十度全媒體出版」的完整產業及閱讀鏈。

不過我們的紙本出版服務，與線下出版社仍有不同，我們提供了不同規格的紙本出版服務：（一）符合紙本出版規格的大眾出版品，門檻在三千本以上。（二）印刷規格在五百到二千本之間的試驗型出版品。（三）五百本以下，少量的限量出版品。

我們的宗旨是：「替作者圓夢，替讀者服務」，在作者與讀者之間搭起一座無障礙橋梁。

我們的信念是：「一日出版人，終生出版人」、「內容永有、書本不死、只是轉型、只是改變」。

我們更相信：知識是改變一個人、一個組織、一個社會、一個國家的起點。讓想像實現、讓創意露出、讓經驗傳承、讓知識留存。我手寫我思，我手寫我見，我手寫我知，我手寫我創，變成一本本的書，這是人類持續向前的動力。

我們永遠是「讀書花園的園丁」，不論實體或虛擬、線上或線下、紙本或數位，我們永遠在，城邦、POPO原創永遠是閱讀世界的一顆螺絲釘。

楔子

你一定聽過這句話。
「過程比結果更重要。」
但你一定也聽過這句話。
「早知如此，何必當初。」
如果一件事情，一開始就知道注定不會成功，那你還會去做嗎？
如果一段戀情，在最開始的時候就得知結局是分手，那你還會嘗試交往嗎？
我現在就可以告訴你這個故事的結局。
我們，分手了。
那你，還想知道我的故事嗎？

第一章

火車搖搖晃晃地出了隧道，窗外由漆黑轉爲明亮，矗立的高聳大樓已全然不見，放眼盡是鄉間的田野風光。我望著晴朗無雲的藍天，偶爾有成群野雁飛過，牠們過境臺灣，不知打算前往哪個終點？

身旁小憩的人稍微挪動了身子，我透過車窗映照出的身影，細細地看著他緊閉的雙眸與微皺的眉頭。

在鐵軌上行進的火車發出喀啦喀啦的聲響，我們曾經是旅人，早已走到終點，而這輛火車，又能把已抵達終點的我們帶往何處？

「巫小佟。」

我倒抽一口氣，以爲自己聽錯了，視線從車窗落到一旁座位上的那個人。他依舊眉頭深鎖，看來做的夢不怎麼愉快。

他並沒有喚我，而是我記憶中的他在喊。

於是我閉上眼睛，明明該悲傷的，眼淚卻怎樣也流不出來，甚至連一絲絲鼻酸也感覺不到。

「巫小佟。」

記憶中那曾經親暱無比的呼喚，在我的腦海中仍然如此清晰。

「先生、小姐，要不要搭計程車？」

「要租車嗎？一天只要八百喔！」

車站外頭豔陽高照，幾位大哥大姊臉上帶著親切的笑意，招呼著經過的旅客，一群看起來像是來畢業旅行的年輕學生沒有多加考慮，便跟著其中一位大哥走向機車租借處。

我拉著行李，站在車站前望著藍天，而他冷淡開口：「巫小佟，這邊。」說完，他沒管我是否聽見，自顧自地轉身過了馬路。

柏油路面吸收陽光熱度所散發出的熱氣扭曲了空氣，我壓低帽緣，盡量避免讓太陽照到自己的臉，但一走出建築旁的遮蔭，炙熱的氣流瞬間拖住我的腳步，使我舉步維艱，蒸騰的熱氣衝上我的眼睛，令我一時看不清眼前。

「妳怎麼了？」他忽地對我大喊，我只能隱約辨別聲音的來源是在左前方。

「巫小佟！」我的手被人用力一拽，映入眼簾的是他的雙眸。

「妳頭暈？還是怎樣了？發什麼呆啊？」那不甚友善的語氣令我一愣，看了眼被他抓住的手，我輕輕掙了掙。

察覺到我的抗拒，他鬆開緊握的五指。

「妳走前面。」他說著，再次沒問我的意見，逕自拉過我的行李箱，「我已經預約租車了，就在車站對面的租車行。」

他的聲調轉爲平板，聽不出什麼情緒。

我依言走去，方才燠熱到凝滯的空氣，總算有一絲進入我的鼻腔，刹那間，我彷彿來到了另一個空間，不禁有些恍惚。

「老闆，我有預約租車。」

租車行的店面不大，門口停了幾輛機車，我站在外頭等待，他把行李放在我腳邊，進了店裡與滿頭花白的老闆交談，並交出身分證進行登記。

不久，他開著一臺白色轎車停在我面前，降下車窗要我上車，並從駕駛座下來，將行李放進後車廂。

「你們預計後天還車嗎？」老闆走出來詢問。

他看了坐在副駕駛座的我一眼，朝老闆說：「也有可能是大後天，我會再與您聯絡。」接著從皮夾掏出一疊鈔票，「我先付清三天的費用，再麻煩了。」

「沒問題、沒問題。」老闆點著鈔票，笑瞇了眼睛看我，「小情侶出來玩，眞是不錯呀。」

聞言，我內心一驚，趕緊別過眼，轉而緊盯前方的擋風玻璃。

「嗯，那謝謝了。」他沒有多做解釋便回到車內，踩下油門離開。

車子從熱鬧的市區開往地廣人稀的鄉間，周遭盡是綠油油的田地，幾隻水鳥低低飛過。他關掉冷氣，打開所有車窗，清新的空氣偶爾混雜著家畜的腥騷味，但那自然的涼風仍比空調還要令人感到舒適。

「我們要一直這個樣子嗎？」他率先打破沉默。

我不知道該怎麼回應。

「要一直不說話？」

我偷瞄他一眼，只見他握著方向盤的手浮現分明的青筋。

「我並沒有想折磨你的意思。」於是我開口，伴隨著深深嘆息。

「沒有想折磨我？」他冷笑一聲，對我的說法嗤之以鼻。

「這趟旅行的目的是什麼？」我看向他，握緊雙拳，指尖逐漸泛白。

「也許……」他握著方向盤的手更加用力，「我們都在折磨彼此。」

我望著車外藍天，明明天氣正好，晴空萬里無雲，這趟期盼已久的旅行總算成行，可是我的心卻沉甸甸的，宛如遠方濃重的烏雲。

「歡迎歡迎，從臺北來的吧？路途遙遠，辛苦你們啦。」民宿的老闆娘熱情地招待我們。

他帶著微笑向老闆娘確認訂房，我則靜靜看著眼前這幢有著藍色屋頂、白色牆壁的建築物。

我還記得，高中那時在網路上看到這間民宿的照片時，興奮不已的我幻想著以後一定要親自造訪，一定要在那間能眺望海景的頂樓套房住一晚。

當年還只是高中生的我們，怎麼可能瞞著父母大老遠跑來這裡旅遊呢？因此我們把這件事當作未來的夢想，也當作一個約定。

然而，如今終於成長到能夠自由旅行的年紀，並站在這間民宿前時，揮之不去的罪惡感卻如浪潮般不斷湧上，令我險些站不住腳。

「小心。」他不知什麼時候來到我身後，雙手扶在我的肩上，「中暑了？」

「不……沒什麼。」我站穩身子，猶豫了一下才輕輕推開他。

「妳不是一直想來這裡？」他嘴角勾起一絲微笑，我分不出笑裡帶著的是批判還是嘲諷。

「我……」

「賀先生，要麻煩您簽一下收據。」老闆娘在民宿大廳裡喚，一邊吩咐員工過來幫我們提行李。

「不用了……」我趕緊要阻止，但他迅速看了我一眼，於是我把話吞回去。

「麻煩你們了。」說完，他扭頭走進民宿。

此時，一個年輕的男孩朝我迎面走來，禮貌地露齒微笑，「您好，歡迎光臨，這幾天若有任何需要都可以跟我們說喔。你們是住三天嗎？」

「嗯……也有可能是四天。」

「隨心情而定的旅行也不錯，正巧最近是淡季，你們就慢慢考慮吧。」年輕男孩俐落地拉著兩個行李箱往民宿走。

我跟著進入民宿，盯著那個屬於他的黑色行李箱看。

「啊，要麻煩小姐也簽個名。」一進到民宿大廳，沁涼的冷氣襲來，稍稍驅散了殘暑的熱氣。

「我也要簽？」我看了身邊的他一眼。

「一個人代表不行嗎？」接收到我的眼神，他意會過來，詢問老闆娘。

「不好意思，基於種種原因，這附近的民宿都有個不成文的規定，必須確認所有住宿者的姓名，眞是抱歉。」老闆娘歉然表示。我想這多半是爲了保險起見，可以理解。

於是我也在收據簽上了自己的名字。

「兩位的房間在頂樓，白天我媽幾乎都待在民宿，有事就找她，晚上我會過來換班，任何疑難雜症都可以找我們幫忙喔。」男孩的笑容宛如南臺灣的陽光般明亮。

「你看起來很年輕，還是學生嗎？」他接過男孩幫忙拉過來的行李箱，客套地詢問。

「雖然勉強算是學生的年紀，不過我休學了。」男孩搖頭，指向牆上掛著的眾多照片，「我現在是潛水助理教練，也很歡迎你們參加潛水活動喔！」

我的視線落在照片旁那張潛水證照影本上，藉此得知了男孩的名字——黃柊笙。

「柊笙，下一組客人差不多快到車站了，他們有預約接送，你該出發了。」老闆娘提醒。

黃柊笙立刻從櫃臺上用來裝飾的碗中取出車鑰匙，禮貌和我們道別後，急忙離開。

「您同意讓他休學去當潛水教練？眞不容易。」黃柊笙離去之後，他又開口了，語氣略帶不可思議。

但我明白，儘管他嘴上這麼說，心裡其實不以爲意。

我打量起那面照片牆，絕大多數照片裡的主角都是黃柊笙，以及一個應該是他兄弟的男生，從中可以看到兩人從小到大的成長軌跡，也有幾張照片是他們與民宿老闆娘的合照，母子三人臉上都有著燦爛的笑容。其中唯獨稍顯格格不入的，是最右邊一張看起來有些年代的年輕男人獨照。

我暗自猜想，那大概是黃柊笙的父親吧，或許是過世得早，所以這些照片裡才總是少了父親的身影。

照片牆旁邊立著一個高度及腰的三層小書櫃，我稍微打量了一下，櫃裡擺放著許多使用過的筆記本，而書櫃頂上也放了本筆記本，封面寫著「留言本」。

「是啊，他有興趣就行了，當年我也是因爲興趣才決定開這間民宿。我想，做自己感興趣的事情，總不會後悔到哪裡去的，這種感覺就像是和自己喜歡的人在一起一樣吧。」

老闆娘清亮的聲音拉回我的注意力，轉頭迎上她意有所指的眼神，我頓時明白她是在打趣我們。

我不自然地笑了笑，爲接下來可能發生的事打從心底感到抱歉，他則握住我的手，說了句：「是啊，不會後悔。」

我的心宛如刀割，嘴角上揚的弧度越來越僵硬。

和喜歡的人在一起是不會後悔的，我也曾經如此認為。

但如果早知道我們會走到今天這一步，我會改變決定嗎？

我會……不和他相戀嗎？

白色的浪潮拍打著礁岩，濺起的水花在岩石上勾勒出一條條水痕，下一秒又被新的海浪打散，來來回回，不曾停歇。

「海水還眞藍。」他解開襯衫胸前的兩顆鈕扣，從房裡走到我身邊。

我不自覺地交纏手指，望向被陽光照得波光粼粼的海面。

「親眼看見這幅景象，妳覺得如何？跟妳在網路上看過的照片一樣漂亮嗎？」他背對著海，雙手手肘倚著陽臺的欄杆，語氣微微顫抖，像是隱忍著什麼。

他和我一樣痛苦。

「賀存……」

「不要用那種方式叫我！」他忽然大吼，「這樣只會讓我想起過去！」

我摀住自己的嘴，再也忍不住潰堤的淚水。

「不要哭，巫小佟。」他抬手掩住雙眼，「我們都已經無能為力了。」

那我們為什麼要來這個約定的地方？

我們爲什麼不能接受任何事物都終有消逝的一天？

我們爲什麼……不能好好分手？

「我們說好了……這次來是爲了憑弔。」他勾起嘴角，笑容卻與過往大相逕庭，其中更多的是冷酷，甚至隱含痛苦，「憑弔愛情。」

我使勁擦掉無用的眼淚，深吸一口氣，「是的，憑弔愛情。」

「所以在這次的旅程中，就讓我們忘記那些不好的過去，留下些好的回憶吧。」

他淒然一笑，朝我伸出手，那模樣令我心疼不已。

不爭氣的眼淚再次滑落，我堅定地點頭，握住他的手，「嗯，留下些好的回憶。」

迎向彼此的視線，終於，我們微笑裡的沉重少了點。

我低頭看著我們交握的手，在心中告訴自己，即便百感交集，都必須堅持走完這趟旅程。

在房間稍作休息後，我打開行李箱換了一套衣服，他則把黑色行李箱直接推進衣櫃深處，並不打算整理。

討論過後，我們決定先去造訪一、兩個景點，晚上再到夜市走走。

經過民宿大廳時，正巧遇見黃柊笙與他從車站接回的一對情侶，那對情侶年紀和我們相仿，相互點頭示意後，我們緩步走出民宿。

「要去哪？」上了車，他繫上安全帶後問我。

「吉安慶修院。」這間屬於三級古蹟的日式寺院，我從高中就想去了。

「妳從以前就喜歡這種地方。」

我看著他揚起嘴角的側臉，他的一顰一笑曾經令我魂牽夢縈。

我趕緊移開視線，將頭髮往耳後勾去，並在衛星導航上輸入地址，而後打開車窗感受那帶著熱度卻十分舒服的暖風，任風輕拂過臉頰與髮絲。

而他打開車裡的音響，切換至廣播頻道，高亢又具渲染力的歌聲傳出，讓我不自覺側耳傾聽。

「剛才播放的是樓有葳的最新單曲，天呀，這個嬌小的女孩是哪來的爆發力？邊唱邊跳也完全不會氣喘吁吁，你做得到嗎？」女主持人讚歎不已。

「不不，我雖然身為男人，不過也做不到，樓有葳眞不愧是時下最具影響力的女歌手之一，聽說她演唱從不對嘴，花了許多時間鍛鍊肺活量，著實下了不少苦功啊。」男主持人接著說。

「沒錯！她的確是很多年輕人心目中的女神。那麼，接下來要進行call in的單元，今天的主題是……」女主持人話音一頓，翻動紙張的聲響傳來。

「等妳找到題綱，節目都要結束了。」男主持人打趣，「今天call in的主題是『後悔卻又不後悔的事』。」

「這是什麼題目啊？難怪我會記不得。有什麼事是做了以後會後悔，卻又不後悔的嗎？」

「這妳就不懂了，人生正是如此矛盾，有時候妳明明知道做了某件事後，得到的結果不會有多好，但當下又覺得不做的話會後悔，所以就還是去做了。」

「什麼呀？哪有這樣的事情！」女主持人大笑，「你倒是舉例看看。」

「例如好不容易遇上一個喜歡的人，但對方並非單身，明知最後會換來傷害，依然想試著和對方在一起，大概類似這種情形吧。」男主持人沉吟道。

「我還是不太懂，不如來接call in進來的電話吧……哇，線上有很多人呢，看樣子大家都曾經歷過這種矛盾的情況喔。」

聽到這裡，我扭頭看向駕駛座上的他。

「你也有這樣的經驗嗎？」

「什麼？」

「做了後悔卻又不後悔的事。」

「那是什麼？」

「廣播節目裡討論的主題。」

「我剛沒在聽。」

他說謊。

忽然，一股怒氣從心底升起，我握著拳頭對他喊：「我做過那樣的事！可是我後悔得不得了，卻無力改變，如果時光可以倒轉……」

「如果時光可以倒轉，那妳要怎樣？」他用力拍了下方向盤，額上浮現青筋，

「很抱歉，時光不能倒轉，所以妳造成的傷害不會消失！」

「我知道！我知道無論我怎麼做都沒辦法彌補了！」我大吼。

車內的氣氛劍拔弩張，我們都試圖壓抑瀕臨爆發的情緒。都已經是最後了，爲什麼還要彼此折磨？

所以我靠著椅背，深吸一口氣，努力平復心情，「即便時光倒轉，我大概還是會做出一樣的事。」

他因此稍微鬆開眉頭，卻沒多做回應。

「前方兩百公尺，向左轉。」

導航系統發出機械式的女聲，他打了方向燈後，忽然張口說：「我從不後悔自己做過的事。」

我握緊拳頭，指甲陷入肉裡。正是因爲不後悔，才會如此痛苦。

對不起，賀存恩，是我先變心了。

對不起，我對你造成的傷害，永遠無法彌補。

或許是因爲正值淡季，來參觀吉安慶修院的遊客並不多。車子停好後，一下車便有股熱浪迎面而來，此時已是夏末，陽光還如此灼人，實在不敢想像若是盛夏之際將有多可怕。

我們沿著步道一前一後地安靜前行，不像其他遊客拿著手機不斷拍照，只是各自欣賞周遭的景物。

他停在橫跨池塘的石橋上，低頭觀察悠游的魚群，我則轉往另一頭的神社，換上公用拖鞋，踩上纖塵不染的木頭地板。這裡寧靜、寬敞，所有人都下意識地放輕腳步，安靜欣賞神社的美麗。

我走近佛像，雙手合掌、閉上眼睛，卻並不是爲了向神明祈求，也不是奢望得到保佑，只是習慣性地擺出這樣的動作。

過沒多久，一道輕微的腳步聲出現在我身後，我睜眼看去，只見他端正地跪坐在一旁。

他凝視著前方的佛像，雙眼一瞬也不瞬，握緊的雙拳微微顫抖。

你在想些什麼？

我想這麼問，卻問不出口。

我們又去看了百度石與八十八尊石佛後，才漫步至休憩區，沉默地坐下，直到即將閉館，他才起身漠然道：「走吧。」

我跟著他的步伐離開寺院，坐進悶熱的車中，頓時覺得呼吸有些困難。深吸了一口氣，我打開音響，輕柔的音樂聲流瀉在狹窄的空間中，他咳了一聲：「去夜市？」

「嗯。」

「巫小令，妳要一直這樣嗎？」他的語氣冷不防一變，像是隱忍了許久，而如今終於忍耐不住。

「我怎樣了？」

「就是現在這樣，一副要死不活的樣子！」他直視前方，握緊手裡的方向盤。

「我沒有……只是覺得很累，難道你都不累嗎？」

「我怎麼可能不累，但能怎麼辦？」

他轉過頭看我，眼裡滿溢著的情緒不知是怒火抑或是懊悔，我分辨不清。

「都已經到最後了，小佟，難道我們就不能好好相處？」

我也想好好相處，我一直以來都是這麼想的，可是……可是賀存恩……

也許是因爲我的表情過於痛苦，他微微一愣，將視線移回前方。我以爲他會選擇直接返回民宿，車子卻依然朝夜市的方向駛去。

我們早已無心於這趟旅程，卻強迫自己繼續，最後只在夜市裡草草買了幾樣食物，連一口都沒吃，便驅車回到民宿。

黃柊笙正在和我們出發前遇見的那對情侶聊天，注意到我們的歸來，他熱情地招呼：「你們這麼早就回來啦？」

「有點累了，所以買東西回來吃。」他一如既往地露出完美又圓滑的笑容，那是對待陌生人的笑容。

「這樣呀。對了，你們明天的行程決定了嗎？有沒有興趣去潛水呢？」黃柊笙揚了揚手上的藍色傳單，並指著那對情侶，「他們明天要參加喔。」

「對呀，應該會很有趣，要不要一起去？」綁著馬尾的女孩開朗地提出邀約，一旁的男孩也點點頭，手自然地搭在女孩的肩膀上，兩人相視而笑，那一瞬間的眼神交流滿是濃情蜜意。

「不了，我們明天已經有其他安排，謝謝。」他禮貌地拒絕，拉起我的手走向樓梯。

「啊，明天的早餐時間是七點至九點半，你們會下來用餐吧？」黃柊笙連忙詢問。

我向他點點頭，還來不及多說幾句，就被他拉著上樓。

一進到房內，他立刻放開我的手，我望著空蕩蕩的掌心，彷彿也看見了自己內心那巨大的空洞。

「你剛才不應該那麼沒禮貌。」我不太高興地說，看著他將手上的食物放在小桌子上，「至少也該跟對方說聲晚安。」

「之後我們可能做出更沒禮貌的事，妳還在意一個晚安？」他冷笑。

我不打算與他多做爭執，轉而開啟電視，他則把裝著食物的塑膠袋一一打開，並替我的手搖飲料插上吸管。

電視畫面上清一色全是負面新聞，像是當街行搶、爲情自殺、官員貪汙等。這世上的負面事物實在太多了，我不禁感到難以呼吸，房間裡的氣氛似乎也更形凝滯。

儘管如此，我們誰也沒有動力去轉臺，只分別坐在床沿與地板，靜默地吃著索然無味的晚餐。

吃飽後，他俐落地收拾完桌面，接著從衣櫃裡拉出他的黑色行李箱，見狀，我頓時從床邊站起。

「我只是要去洗澡。」我過大的反應引起了他的注意，於是他淡淡解釋了一句。

他用身體擋住我的視線，打開行李箱，取出換洗衣物放到腳邊，接著迅速關上箱蓋，再次將之收回衣櫃。

他看了我一眼，便走進浴室。

不久，水流傾洩而出的聲音從浴室傳來，我的視線鎖定在衣櫃處。

我該過去打開行李箱看看嗎？

不，我們約好了，不能打開。

所以我勉強將注意力轉回電視上，這並不容易。

他洗好澡出來後，我趕緊掠過他想走進浴室，鼻間嗅聞到他身上沐浴過後的清香，他忽然攫住我的手臂。感受到他炙熱的體溫，我一陣驚慌，幾乎要起雞皮疙瘩。

「浴室地滑，小心。」他柔聲提醒，聲音透著些微沙啞。

我不敢看向他的雙眼，怕他哭過。

「嗯。」我隨口應了聲，匆匆地衝進浴室，鎖上了門。

我不能哭，至少，現在不能哭。

浴室中充滿了蒸氣與沐浴乳的香味，與方才他身上散發的味道相同，我咬著下唇，環抱住自己，淚水瞬間湧上眼眶。我連忙轉開水龍頭，一把捧起水往臉上潑，水滴濺溼了我所穿的衣服。

我看著鏡中的自己，微微顫抖的雙手扶在洗手臺邊緣。過往的回憶一一浮現，鏡中的我好似變回了高中時的樣子，我倒抽一口氣，馬上脫掉衣服，站到蓮蓬頭下方，讓熱水迎頭澆下。

洗完澡，我發覺外頭安靜一片，已經沒了電視的聲響。穿好衣服離開浴室，臥房內只剩下一盞夜燈還亮著，他坐在床沿看著手機，而我驚訝地瞪大了眼。

「我沒開機。」他明白我的擔憂，起身朝我走近，我緊張地後退了些，他的目光停留在我溼潤的髮絲上，伸手拉著我來到梳妝臺前。

「我自己可以……」見他拿起擺放在一旁的吹風機，我連忙開口。

鏡子映照出他略顯無奈的笑容，他堅持要幫我把頭髮吹乾，並俯身湊近我的耳畔，用帶著沙啞的柔和嗓音說：「這是我第一次幫妳吹頭髮，也或許是最後一次了。」

我拒絕不了。

鼻腔滿溢酸意，我勉力憋住幾乎失控的淚水，任由他修長的手指在我的髮絲間穿梭。淚眼矇矓之中，他映在鏡子裡的臉，也彷彿是那年初識時的模樣。

當時出於濃烈的愛，不顧一切只想在一起的我們，想得到今天這種局面嗎？

忽然，他手上的動作停了下來，詫異地盯著我看，我這才發現自己的雙頰早已爬滿淚痕，我急著抬手抹去眼淚，他卻立刻從後方環抱住我。

吹風機喀啦一聲摔在地上，插頭也因此脫落，他的臉埋在我的肩頸之間，粗重的氣息噴吐在我的耳畔。

「不、不可以，賀存……」

「爲什麼不可以？」他大吼，「爲什麼？」

「我們……我們不該……」

他抓著我的手臂強迫我面向他，我最害怕的事情還是發生了。他眼眶發紅，淚水蓄積在眼底。

「賀……呀——」他將我摔到床上，下一秒整個人往我壓了過來，我大驚失色，想推開他，卻抵不過他的力氣。

「小佟，已經可以了吧？」他的淚水滴在我的頰上，我愣住了，「我們還要承受這樣的折磨多久？」

我用力搖頭，咬緊下唇，「不行！」

「到了現在還是不行？」

「不行，不行，我們不行！」我大喊，撕心裂肺的疼痛幾乎要將我壓垮。

或者，將我和他一併壓垮。

他盯著我看了好一會兒，緩緩從我身上移開，抱頭低吼了一聲，抓起外套便要出去。

「你要去哪裡？」我從床上爬起來大喊。

「妳眞的以爲，我有辦法這樣和妳共處一室？」他一手緊抓著外套，一手猛地朝牆壁重重打了一拳，「我做錯了什麼？妳又做錯了什麼？」

說完，他打開房門快步離開，我起身想追上去，卻只聽見他的腳步聲消失在樓梯間，於是我轉頭跑到陽臺，不久，他出現在民宿外，身影漸行漸遠。

我和他究竟做錯了什麼，才會走到今天這一步？

這段感情開始的時候，有誰能料到會迎來這樣的結果？

「賀存恩……賀存恩！我做錯了什麼？我們做錯了什麼？對，我錯了，我錯了，我不該喜歡上別人，但是你……你就沒有錯嗎？我們的感情之所以消逝，難道不是彼此都有責任嗎？」我在漆黑寂靜的夜裡放聲大哭。

我什麼也不能做，只能站在這裡，望著他走遠的身影，直到再也看不見。

第二章

「小佟，這邊！這邊這邊！」謝荏恩在前方對我用力招手，綠色的百褶裙迎風飄揚，栗色鬈髮在陽光下閃閃發亮。

「好累喔，爲什麼要約在這裡啦！」我喘著氣，趕在號誌從綠燈轉爲紅燈前，快步穿越斑馬線。

「今天是高二分班日，妳難道不期待知道自己會被分到哪一班嗎？」謝荏恩點了一下我的額頭。

「這跟妳硬要約在雲朵公園有什麼關係？」

這裡並不在我們前往學校的路線上，所以我不明白謝荏恩爲何要約在這個平時很少來的公園，爲此我不僅必須提前兩站下公車，在走過來的途中還稍微迷路了一下。

「早安！」另一個聲音從後方傳來，我回頭便瞧見羊子青神清氣爽地出現。

「子青，妳聽我說，小佟居然忘記這個地方了！」謝荏恩一臉不可思議，告狀似的嚷嚷。

「什麼？妳忘記了？」羊子青留著妹妹頭髮型，配上白皙的肌膚與水靈靈的大眼睛，看上去像極了日本女孩。

「怎麼了啦，妳們兩個現在好像在逼問男友今天是什麼日子的女友喔。」我乾笑著抓了抓臉頰。

她們對看一眼，同時伸出繫著幸運繩的右手，我這才恍然大悟，也伸出自己同樣繫了幸運繩的右手，「我想起來了！我們是在這邊交換幸運繩的，還說要當永遠的好朋友。」

「是呀！這麼重要的事情，妳居然忘記了。」謝荏恩沒好氣地說。

「我覺得好難過，難道只有我們兩個這麼重視這個約定嗎？」羊子青噘起嘴，故作哀傷。

「冤枉呀，兩位大人，我今天還沒吃早餐，肚子空空沒法思考，所以一時沒有想到啦！請原諒我，妳們又不是不曉得，我的記性本來就比較不好呀。」我連忙解釋和道歉，她們卻一副愛理不理的樣子。我不禁暗暗發誓，以後如果交男朋友了，我絕不會因爲對方忘記紀念日這類小事而生氣。

「算了，不跟妳計較。」羊子青哼了一聲，「我選的是理組，注定跟妳們不同班。」

「理組的班級在另一棟教學大樓呢，那只能祈禱我和小佟可以同班了。」謝荏恩抱住我。

「欸，妳們這樣我會吃醋喔！」羊子青也展開雙臂抱過來，我們三人肉麻地擠來擠去，彼此相擁。

她們兩個是我在高一時認識的死黨，我從沒想過自己會交到這麼好的朋友，我們還一起編織了幸運繩作爲友情的見證，希望一輩子都能當好朋友。

雖然一般都說女生之間的友情很脆弱，特別是如果不幸喜歡上了同一個男生，肯定就會完蛋。我們目前都還沒有男友，所以無法驗證這個說法，不過我相信也有即使喜歡上同一個男生也不會破滅的友情，那就是我們三人的友情。

大概吧。

「這邊以後就是我們的祕密基地了。」羊子青說，我頓時一笑。

「這裡可是人來人往的公園耶，怎麼能當祕密基地？」祕密基地應該要是廢棄的房屋或人煙稀少的地方才對呀。

「這只是一個比喻啦，總之只要遇到了傷心或煩惱的事情，就可以來這邊。」羊子青補充。

「來了以後呢？」我問。

「有可能剛好遇到我或是謝荏恩呀，說不定我們也會因爲有什麼煩惱而過來散散心。」

「如果沒有遇到呢？」我又問。

「那就在公園裡走走，這座公園這麼大，又這麼漂亮，走著走著，也許煩惱就會消失一點點了。」羊子青雙手插腰，說得莫名有說服力。

「幹麼那麼麻煩？我們約好放學一起回家就行啦。」謝荏恩忍不住開口提出最簡單的方法。

「妳眞是一點都不浪漫，就是要不期而遇，才有心靈相通的感覺啊！」羊子青不以爲然。

「好吧，那就這樣約定了，以後我們誰心情不好，或是想一個人靜一靜的話，就來這裡，當然，也在這裡互相分享祕密。妳們覺得呢？」我趕緊下了結論，因爲上學已經快要遲到了。

「好，說定了！」

「沒問題！」

我們一起伸出右手，讓彼此的彩色幸運繩輕輕碰觸，代表立下約定。

而後，我們快步奔往學校，畢竟開學第一天就遲到的話，實在是太糗了。

綠色的百褶裙襬隨著奔跑的動作飄動，白色襯衫上的淡綠領結也規律地輕輕搖晃，我朝羊子青和謝茬恩微笑。

如此平凡的日常，不知爲什麼令人難以忘懷。

✦

布告欄前擠滿了學生，雖然分班公告旁邊印有QR Code方便大家透過網路查詢所屬班級，但我還是喜歡在布告欄前一個班級、一個班級慢慢找尋自己的名字。無奈所站的距離太遠，再加上公告上的字體太小，人名又眾多，因此我一時之間根本找不到自己的名字。

「啊，我在二年九班，先過去啦！」羊子青說完便迅速跑開，連再見都沒說。

「我們分工合作好了，妳找一到四班，我找五到八班。」謝荏恩說完就往布告欄的右側走去。

我則一邊看著布告欄，一邊往左側走，由於人潮非常多，而我的視線又沒有看向前方，結果就這麼撞上了一個男生。更準確地說，是我的腳踩在了對方的腳上。

「靠！」那個男生怒罵一聲，我嚇了一跳。

「妳搞什麼鬼！瞎了喔！」他皺起眉頭，嶄新的白色球鞋上清晰地留有我的皮鞋印。

「對……」

我還來不及道歉，他又繼續罵道：「白痴！妳走路是沒在看前面嗎？」

頓時我的內心也來了怒氣，就算是我的錯，他的態度也太過分了，懂不懂尊重啊？

他順著我的視線將目光投往布告欄，一臉輕藐，「妳是在看分班公告？拜託，都什麼時代了，旁邊QR Code掃一下不會？是不是年輕人啊！」

說完，他晃了晃自己的手機，螢幕上顯示著「賀存恩　二年三班」。

因為他太過囂張，所以我心中的愧疚頓時蕩然無存，掠過他直接往前走，繼續在布告欄上找我的名字。

「喂……喂！妳踩到人都不會道歉的嗎？」那個男生追了上來，口氣之差讓我決定無視到底。

「妳這醜八怪，有夠沒禮貌的！」他大喊。

到底是誰沒禮貌啊！

我轉過頭怒視他，他先是一愣，接著馬上揚起令人火大的微笑。

「有反應了？所以快點道歉好嗎？」他指了指自己的白球鞋，「還有，幫我擦乾淨。」

這個跋扈的傢伙究竟是在什麼樣的家庭長大的，大少爺嗎？有病嗎？

我氣得準備抬腳再踩他另一隻鞋，但此時謝荏恩跑了過來。

「小佟！巫小佟！我找到了！」她邊說邊舉著自己的手機，「公告上的名字密密麻麻的，我就直接掃QR Code了。」

她完全沒察覺到我和那個男生之間劍拔弩張的氣氛，自顧自地說：「我們同班喔！」

「哪一班？」我瞄了面前的男生一眼，他還沒從突如其來的狀況中反應過來。

「二年三班。」謝荏恩開心地指向教室所在的位置，是在隔壁那棟教學大樓的三樓。

「是喔，還有誰跟我們同班嗎？」

「我沒注意，只先確認了我們兩個的名字。好啦好啦，快點過去……咦，這誰呀？」謝茬恩這時才發現沒禮貌男的存在。

「不重要的沒禮貌廢物。走吧。」我抓著謝茬恩的手臂，打算穿越人群前往教室，男孩卻一個箭步擋在我們面前。

「什麼沒禮貌的廢物？妳才是沒禮貌的醜八怪。」他雙手環胸，瞇眼盯著我。

「欸欸，誰呀？很帥耶。」謝茬恩低聲驚呼。她是瞎了嗎？

「從今以後，我就是妳們的同班同學了，我叫賀存恩。」他朝謝茬恩微笑，卻對我嗤之以鼻。

我氣得不得了，礙於無處發洩，只能忿忿握緊雙拳。而謝茬恩居然和這個賀什麼存什麼恩的說說笑笑起來，一起往教室的方向走了。

教學大樓的三樓分別是二年級一班至三班的教室，二年三班就在樓梯旁邊。走廊底端有個向外凸出的大陽臺，一群學生正在那邊聊天，我在其中瞧見了高一時的同班同學，不過並沒有過去打招呼，而是直接踏進教室。

環顧整個教室，幾乎都是不認識的面孔，少數幾個高一曾經同班過的同學又都不是很熟，幸好我和謝茬恩同班，否則重新交朋友眞的是件麻煩的事。

謝茬恩朝我招手，我們一起在教室中央的位子坐下，而那個沒禮貌的賀存恩則和另一群人說著話。

「妳剛才幹麼跟他有說有笑的？他很沒禮貌耶。」一坐下，我便直接對謝茬恩發難，只見她一臉花痴地傻笑。

「他很帥耶，而且我忽然想起來了，之前高一時，不是有個和我們同年級的帥哥非常有名嗎？」

「有嗎？誰？」

「羊子青也提過，就是一個很會打球、成績也很好的男生，那時候班上有不少人喜歡他，妳忘了？」

經她這麼一說，我依稀記起高一時，班上的女生確實曾熱切地談論過某個男生，但由於我從來都不關心，所以壓根不曉得就是賀存恩。

「他超沒禮貌的，還罵我醜八怪欸！」我驚呼出聲，對於賀存恩受歡迎感到匪夷所思。

沒想到，謝茬恩竟一臉憐憫，「他……沒說錯啊。」

「謝茬恩，妳眞的是皮在癢！」我作勢要打她，謝茬恩吐了吐舌頭，大笑著跑開。我們在教室追逐了一會兒，結果很不幸的，我又再度撞到了賀存恩。

「醜八怪，妳到底幹什麼啦！」他不客氣地大吼。

「你才醜八怪，你全家都醜八怪！」我一氣之下也吼回去。

「什麼全家……拜託，我全家都超好看的好嗎，基因優良！」他氣得臉紅脖子粗，班上其他同學一個個湊過來，不想錯過這場好戲。

「別鬧了，快回座位。」老師正巧在這時走進教室，我悻悻然地瞪了賀存恩一眼，正打算返回先前選好的座位，老師卻喊住了我，「那個女同學，還有賀存恩，你們這麼愛吵，就坐在一起吧。」

「嗄？」

「啥？」

我們同時怪叫，你一言我一語地向老師抗議，但老師只是露出胸有成竹的微笑，「通常一開始吵個不停的兩個人，最後都會吵出感情喔。」

「感情？感冒啦！」賀存恩不滿地反駁。

「我同意！」

「加一！」

「我也覺得！」

在同學們此起彼落的贊同聲中，我和賀存恩就這樣莫名其妙被安排在相鄰的座位。不過第一印象這麼差，往後的校園生活我看是很難熬了。

「賀存恩？我當然知道，他可是風雲人物，妳們居然和他同班。」放學後，我和謝荏恩在公車站巧遇羊子青，她問我們開學第一天過得如何，順道說了她很滿意新班級的氣氛。

逮著機會，我開始大肆抱怨自己遇見一個沒禮貌的神經病，沒想到羊子青還眞的也知道賀存恩。

「他會沒禮貌嗎？」羊子青看向一旁的謝荏恩。

「我覺得不會啊，而且他的名字跟我一樣有個『恩』字，絕對是個好人。」

我翻了白眼，「妳問謝荏恩不準，她一見到賀存恩，眼睛就變成愛心形狀了，眼光眞夠差的。那傢伙到底哪裡帥了？」

「可是聽說賀存恩對女生很溫柔耶。」

聽了羊子青的話，我大笑一聲。傳聞就只是傳聞！

今天公車特別難等，加上放學時間人潮眾多，我們等了好一陣子，羊子青和謝荏恩才先後搭上公車離開，而我拿出手機開啟應用程式查看公車動態，發現我要搭的公車還有三分鐘才到站。

正所謂冤家路窄，就在這時候，我看見賀存恩站在對面，似乎準備穿越馬路。我記得他一下課就馬上衝出去了，現在距離那時都已經過了一個小時，他卻還穿著制服、背著書包，而且……正往我所在的方向走過來？

我下意識縮到公車站牌後，不想跟他打照面，他的神情少了先前的意氣風發，反而帶點疲憊。

他似乎嘆了一口氣，看了下手機後又再次嘆息。將手機放回口袋，他朝駛來的公車招手，直到公車開走，他的側臉還停留在我的腦海中，揮之不去。

「啊！剛才那班也是我要搭的公車……」回過神，我下意識喊出聲。下一班公車可是要再等十五分鐘啊。

沒想到賀存恩跟我是搭同一路公車，我由衷希望他只是碰巧選擇這一路公車，還有其他路線的公車可以抵達他家，否則以後放學等公車時，可能就會常撞見他了。

回到家，迎接我的是養了十二年的博美狗波波，即便牠的年齡換算成人類的歲數已經算是老奶奶了，還是十分有精神地搖著尾巴跑來。

我蹲下身朝牠張開手，波波順勢撲進我的懷中。

「今天怎麼比較晚？」媽媽的聲音從廚房傳來。

我抱起波波關上鐵門，一邊向媽媽解釋是因爲等了很久的公車，一邊將書包隨意往地板一丟，然後一屁股坐到沙發上，打開電視。

媽媽擦乾了手，從廚房走出，「妳功課還好嗎？」

「嗄？」

「高二的課業難度應該增加了吧，妳需不需要補習？隔壁的哥哥和樓下那個高一的弟弟都有去補習。」

「今天才開學第一天耶，媽！」我不禁大叫，覺得不可思議，「我應付得來啦，不需要補習。」

「確定嗎？如果妳不喜歡去補習班，找個家教也可以……」

我連忙搖手，打斷這討人厭的話題，提醒她我高一時成績很優秀，不需要操心。

「好吧。」見沒辦法說服我，媽媽嘆了口氣，轉身返回廚房繼續煮晚餐。

我正疑惑著爲什麼她會忽然提到補習或請家教的事，就瞥見客廳桌上有幾張廣告傳單，其中一張吸引了我的注意力。

那張傳單上印有照片，照片裡是個帶著燦爛微笑的帥氣男生。由於這張傳單被壓在其他傳單下方，所以只能隱約看見「家教」兩個字，我伸手想把它抽出來，心想如果有個這麼帥的家教老師似乎也不錯，媽媽便忽然喊著要我去整理垃圾。波波嚇得從我的腿上跳開，我則隨手將一整疊的廣告傳單全丟進了回收箱。

晚餐後是帶波波去散步的時間，聰明的波波像懂得怎麼看時鐘一樣，早就在門口轉圈等著了。

我替牠繫上牽繩，帶了塑膠袋和礦泉水出門。時值夏季，即便已是傍晚，空氣中依舊有種潮溼的悶熱感，或許該幫波波剪毛了，這樣牠會涼快一些。

附近有一座小公園，許多飼主都會在晚餐後帶著寵物來散步，波波也在這裡認識了許多好朋友。我將牠帶到寵物專用的遊戲區，解開牠的繩索，任由牠在裡頭奔馳。

坐在旁邊的長椅上，我跟其他幾位飼主有一搭沒一搭地聊著天，就在時間差不多時，我喊了波波的名字，牠很快跑回遊戲區的欄杆邊。我重新繫上牽繩，正準備回家，卻意外看見了賀存恩的身影。

我以爲是自己看錯了，還揉了揉眼睛，但的確是他。他穿著藍色T恤和短褲走在不遠處，眉頭深鎖，看起來心情不太好。

「也太倒楣了吧。」我不禁喃喃。爲了不被他發現，我趕緊抱起波波快步離開。

沒想到除了坐同一路公車，我們連家都住得這麼近，不然怎麼會在公園遇見他呢？這種巧合眞是討厭。

「通常一開始吵個不停的兩個人，最後都會吵出感情喔。」

老師的那句話忽然浮現在我的腦海中，我甩甩頭，拋開這個可怕的預言，決定快快回家。

✦

「我覺得，這就叫做緣分。」

一起吃午餐時，聽完我的抱怨，謝茬恩的感想居然是如此。

「緣分也包含孽緣在內……不對，我才不想和他有緣分！」我吃著便當，不忘惡狠狠地瞪一眼旁邊空著的座位。

到了午休時間，周遭的竊竊私語聲吵得我無法休息，我抬頭看向以賀存恩爲中心的那群男生，他們正聚在一塊玩牌，可校規明明禁止玩撲克牌。

「你們再這樣，我就要跟老師說！」我氣呼呼地威脅賀存恩。

「去告狀啊，女生就是愛告狀。」賀存恩翻了個白眼。

他這麼欠揍，怎麼會有對女生很溫柔的傳言？這其中肯定有什麼誤會。

而大概是因爲中午沒睡好，所以下午的小考我失常了。

其實也不能說是失常，我確實對題目不太理解，可是這分數也太慘了。即使是國小升國中時，以及國中升高中時，我也沒有考過這麼糟的分數。怎麼只是從高一升上高二，我的成績就出現這麼大的落差？這還只是第一次小考。

我把失誤的原因全歸咎於中午沒能好好休息，所以當看見賀存恩居然考了八十幾分的時候，我頓時非常生氣。

「唉唷，三十五分。」賀存恩故意探頭過來看我的分數，嘲笑地說：「要好好加油啊，巫小佟。」

「根本都是你的錯好嗎！全部都是你的錯！」我氣得大叫，迅速把自己的考卷揉成一團塞進抽屜，「誰叫你們玩撲克牌！」

爲了發洩怨氣，我舉手向老師報告他們玩撲克牌的事，賀存恩瞪大眼睛，其他男生也紛紛哀號，老師立刻沒收了他們的撲克牌。但面對這個結果，我突然有些後悔，不自覺地絞緊了手指。

怎麼辦，他們會不會來找我麻煩？我幹麼這樣，明明是我自己的問題。可是他們本來也不該帶違禁品來學校，所以不是我的錯。

直到下課，我都不敢看向一旁的賀存恩，甚至不敢動一下身子，整個人僵硬無比。

「妳居然會跟老師告狀，眞是不可思議。」謝荏恩忽然將手拍在我的肩膀上，害我嚇得心臟差點從嘴巴跳出來。

「因、因爲……」我支支吾吾，目光偷偷飄往鄰座。

「賀存恩已經不在了啦！」謝荏恩看出我的想法，一屁股坐在賀存恩的位子上，還露出滿足的花痴神情，「我正坐在校園風雲人物的位子上耶。」

「妳像個變態。」我吐槽，緊繃的身心總算稍稍放鬆下來。

「妳小考成績很差嗎？否則怎麼會告男生的狀？以前不管男生怎麼鬧，妳都無動於衷的。」

「賀存恩就是讓我很生氣，不知道爲什麼。」我聳肩，內心深處卻有點愧疚。

「惹妳生氣還眞是不好意思呀。」賀存恩不知何時回到了教室，站在我後面冷不防地出聲。

我大吃一驚，從位子上跳了起來。

「心虛啊？」我的反應似乎讓賀存恩很滿意，他揚起自負的微笑，彎腰在我斜後方那個座位的抽屜裡翻找，抽出一本同樣屬於違禁品的漫畫，朝教室外喊：「古牧然，接住！」

「喔！十分！」站在教室前門外的男生用左手準確地接下，他不是我們班的學生。

「記得賠我撲克牌。」賀存恩對我說，模樣十分認眞，然後他便走出教室，和那個男生一同離開。

「他亂拿別人抽屜裡的東西！」我忍不住向謝荏恩嚷嚷。

「可能他們平常就是借來借去的吧，妳管那麼多幹麼？」謝荏恩擺擺手，又露出花痴般的笑容，「妳看到剛才那個男生了嗎？」

「那是誰？」

「古牧然呀，這簡直是古裝劇裡才會出現的名字，而且他長得超級清秀，跟公子哥一樣。他是賀存恩的青梅竹馬，兩個人一起長大的。」

「奇怪了，妳怎麼這麼清楚？」

「妳不知道才比較奇怪吧，賀存恩可是風雲人物，這些小道消息在女生之間很普遍。」謝荏恩指著我的鼻子，「話說回來，剛才的小考我都還有及格邊緣，妳到底是怎麼回事？」

「我也不曉得，大概是中午沒睡好吧。」我又用了這個理由當藉口。

我沒打算告訴媽媽小考成績，所以將考卷夾在課本中，回家後也假裝沒這回事。過了幾天，我已經忘記這張考卷的存在，於是把課本隨意丟在書桌上，而媽媽在我去上學時進了我的房間打掃，順便整理了凌亂的桌面，結果考卷就這麼不巧地從課本裡掉出來了。

她對於我只考了三十五分感到相當生氣，幸好之後幾次考試我還有六十幾分，勉強能證明第一次的小考成績是失常，媽媽這才稍微消了氣。

「但如果妳一直都只考六十幾分，那和之前比起來，成績下滑的幅度還是比想像中的大，妳不是想考洛大嗎？這樣是肯定考不上的。」媽媽的話重重地打擊了我，「要是妳期中考沒有明顯進步，那我眞的要幫妳請家教了。」

我討厭念書，也不想補習，可是我想上大學。

爲此我相當沮喪，眼前彷彿陷入一片黑暗。

還記得幼稚園時，上學是件快樂的事，每天就是與同學玩樂、吃點心和午睡，直到小學二年級，上學對我來說都是開心的。

然而隨著年齡增長，學校逐漸變成監獄般的地方，和同學之間也從單純地愉快相處漸漸轉爲殘酷的競爭關係。「粗心」再也不能作爲學業成績起伏的藉口，而是必須追根究柢地找出「犯錯」的原因，並想盡辦法補救。

我當然明白，只要咬牙撐過慘澹的學生時期，出社會後就能當自己的主人、學自己想學的東西，但這段時光太過難熬，讓我喘不過氣。

那次的小考成績所帶來的衝擊，其實遠比想像中更加強烈，我開始對自己產生了懷疑。難道眞的只能依靠家教老師來挽回成績了嗎？

媽媽的話使我輾轉難眠，隔天頂著黑眼圈去學校的路上，踏出的每一步都顯得異常艱難。

一路上渾渾噩噩的，直到上了公車，我才發現自己沒帶悠遊卡。

我趕緊打開錢包，裡頭的零錢卻只剩下兩個五塊和三個一塊，投現的話必須付十五元才行，我頓時慌張不已。

怎麼辦怎麼辦怎麼辦？要老實告訴司機嗎？還是裝傻，投十三塊就好？不行，我現在穿著大文高中的制服，只要穿著制服，就必須維護校譽。

眼看公車已經抵達了學校所在的公車站，車上的學生都陸續下車了，我只好戰戰兢兢地站起來，緩慢地走在最後，這樣即便被罵，也不會有同校的學生看見。

我嚥了嚥口水，捏在手中的硬幣因爲手心出汗的關係變得溼黏，另一手則扯著自己的綠色裙襬。司機見我遲遲沒有刷卡的動作，疑惑地挑眉看我，「同學，不下車嗎？」

「那、那個……我，我忘記帶悠遊卡了，身上只有十三塊。」我攤開通紅的掌心，準備將十三元投進零錢箱。

可是司機大大嘆了一口氣，不耐煩地說：「妳身上沒有鈔票嗎？」

「呃……我有一百塊。」

「那就投一百塊啊，搭車要付足夠的錢是常識吧？」司機用力拍了下零錢箱，我嚇了一大跳，已經下車但還沒走遠的幾個學生看了我一眼，我也感受到公車上其他乘客扎人的視線，瞬間覺得無地自容，幾乎要哭出來。

「我幫她付。」一隻手忽然從我身後伸過來，將悠遊卡抵在刷卡機上刷了卡，接著按下機器右下角的團體票按鈕，再刷了一次卡。

司機皺眉，擺擺手要我們快點走。

「擋路！」賀存恩說完就逕自下車，我回過神，連忙跟上。

我沒發現賀存恩也搭同一班公車，被他看見我這麼糗的模樣，我感到很不甘心，雖然認爲自己應該道謝，卻怎樣也說不出口。

賀存恩放慢腳步，我也停了下來，抓緊自己的書包背帶，在公車上的緊張感似乎還未消退。他側過頭，用鄙夷的目光瞥了我一眼，從鼻子發出冷哼，「連錢都沒帶，有夠笨。」

剛才所受的委屈瞬間湧上心頭，淚水再次盈滿眼眶，可我不想在他面前掉淚，因此極力忍住，「什麼笨蛋，你才是笨蛋，你才是白痴！」

「幫妳刷卡還罵我白痴，眞是一點也不可愛。」賀存恩扭頭往前走，我還想多說兩句，立刻追了上去，卻忽然發現他好像怪怪的。

即使跟他並不熟，不過畢竟也同班了一段時間，他平常在學校總是一副張揚的樣子，爲什麼此刻看起來竟有些垂頭喪氣？

我想起之前他似乎偶爾也會像這樣怪怪的，和同學們聚在一起時笑得很開心，當只有他一個人的時候，就變得若有所思。

我絞著裙襬，陷入掙扎。他剛剛幫了我，所以我還是別對他太不客氣好了，這是做人的基本禮貌。

於是我走到他身邊，與他並肩，他只是瞥了我一眼。

在前往學校的路上，不難發現許多女孩都對他投以仰慕的目光。嗯，如果賀存恩不講話，只是靜靜地站著，的確是滿好看的。

想到這裡，我用力搖搖頭，甩開這可怕的想法。他一講話就破功，而且對我那麼沒禮貌，好看有什麼用？

不過，身爲一個有禮貌的人，我決定問問他怎麼了，這是禮尚往來。所以我深吸一口氣，開口問：「賀存恩，你怎麼了？」

「什麼怎麼了？」似乎沒料到我會這麼問，賀存恩瞇起眼看我。

「你怪怪的。」

「我怪怪的？我哪有怪怪的，妳才怪怪的。」他雖然這麼反駁，表情卻很困惑，「爲什麼妳會覺得我怪怪的？」

「就感覺似乎垂頭喪氣的。」我聳聳肩。

「其他人都沒發現。」

「男生比較粗神經吧。」

「誰粗神經？妳才神經粗到忘記帶悠遊卡，身上的錢還不夠，笑死人了！」他居然把話題轉回我身上。

「算了，當我沒問。」我沒好氣地說，直接加快腳步，想先一步進去教室，但是賀存恩冷不防拉了我的書包背帶，害我差點往後倒。

「妳有養狗？」他靠得好近。

「你怎麼知道？」我使勁扯了扯背帶，「放開啦！」

「我好像看過妳在遛狗。」他一邊說著，一邊拿出自己的手機，找出一張黑色土狗的照片，「妳有看過牠嗎？」

「什麼？」這個詢問太過突然，我搞不懂他的意思，「這是你養的狗？」

「嗯，牠跟一般的黑狗不一樣，兩隻前掌是白色的。」賀存恩皺眉，神情變得沮喪，「牠不見了。」

「不見了？」我瞪大眼睛，腦中飛快閃過曾幾次看見賀存恩四處晃蕩的落寞身影，「所以你一直都在找你家的狗？」

「我找了很久。」他揉揉眼睛，「昨天晚上也出門找了一段時間，所以剛剛在公車上差點睡過站，醒來就看見妳杵在那不下車。」

原來是這樣，他大概是睡到縮進椅子裡了，我才會沒注意到他也搭同一班公車。

「不見多久了？」

「開學前就不見了。」賀存恩看起來非常難過。

「那已經有兩個月了。」我皺眉。過了這麼久，大概很難找回來了。

他用拇指與食指輕掐鼻梁，眉頭深鎖，「我還是會繼續找的。」

我想起了波波，要是波波不見的話，我也肯定不會放棄，拚命找、不斷找，直到找到牠為止。

「我幫你一起找！」於是，我想也沒想地脫口而出。

賀存恩抬頭看我，「眞的？」

「真的，我們搭同一路公車上下學，也住在附近，而我常帶波波出門散步，卻從來沒看過兩隻前掌是白色的黑狗，所以我想牠很可能不在我們家附近了。牠幾歲？養多久了？有走失過嗎？如果走失過，那有自己回家過嗎？」

「牠三歲，從一出生就開始養了，沒有走失過，所以也不知道有沒有歸巢本能，但都已經過了兩個月，我想應該是沒有。」賀存恩一口氣回答完我的問題，用略帶異樣的眼神打量我，「妳對狗很了解嗎？」

「我家的狗是一隻叫波波的博美狗，已經養了十二年，而我們在波波之前還養過其他的狗，有時候也會充當中途之家暫時收留動物。說到養狗，我可以說是跟狗一起長大的。」對於這點，我驕傲得很，「你目前找過哪些地方？」

賀存恩說出了他找過的地點，並提到他們曾經接獲通報，有人看過疑似他們家的狗在某些地區出沒。我在腦中大概整理了一下資訊，就算他家的狗不懂得自行返家，應該也不會離家太遙遠。

我跟他要了狗的照片，想在我加入的寵物社團中發文協尋。由於專注於編輯貼文內容，直到進了教室坐到位子上，我才想起忘記問他黑狗的名字。

「喂，賀存恩，你家的狗名字叫什麼？」我下意識問了鄰座的他，他沒有回應。我不耐煩地嘖了聲，抬起頭正想再說一次，卻對上他透著驚愕的雙眼。

「幹麼這種表情？」

「妳、現在……」他話說得不清不楚，我正要追問，卻赫然發現不對。

「唉唷，感情變得很好了嘛。」老師就站在講臺上，我看看老師，再看看牆上的時鐘，原來已經上課十分鐘了。

「嘿嘿。」我只好傻笑，這時候也只能笑了。

這一笑，班上其他同學都跟著笑了，尤其是賀存恩笑得最大聲，我氣惱地瞪他。有必要笑得這麼誇張嗎？

「妳怎麼這麼蠢？」賀存恩居然笑到眼淚流了出來，也不想想我是爲了誰。

不過，看在他笑起來還算賞心悅目的分上，就不跟他計較了。

第三章

「你再說一次？」我以爲聽錯了。

「牠叫做傻冒。」賀存恩十分認眞。

「你把狗的名字取爲傻冒？」

「很可愛啊！」賀存恩不明白我爲何有這樣的反應。

「你沒聽過所謂的『言靈』嗎？言語是有力量的，叫牠傻冒，牠就會眞的變得笨笨的。」我扶額搖頭。

「我家人也沒意見。」賀存恩聳聳肩。

好吧，主人都不在乎了，我還能說什麼？

我用手機開啟地圖，將傻冒曾被目擊出沒的地區，以及賀存恩已經找過的地方標示出來，配合周圍環境一起分析。例如西區有三戶人家都養了很凶的狗，賀存恩說傻冒膽小，一定不敢去西區；北區最近來了許多流浪貓，我猜傻冒不會想靠近，所以應該也不會過去。

而我帶波波散步的地點主要在東區，卻沒見過傻冒，再加上賀存恩時常去東區找，所以也先假設不在那邊。

「我們今天找南區，扣除工業區以及被野狗占據的廢墟，傻冒比較有可能去南區的學校，但那邊有點遠，所以我們今天先在這個公園附近找找看。」我一邊說一邊從包包裡拿出一疊傳單，整疊塞到他的手上。

「這是什麼？」他詫異不已地看著那疊彩色傳單，快速翻了翻，「妳印了尋狗啟事的單子？還是彩色的？」

「是啊，你到底是笨，還是沒有心要找？哪有既不把走失的訊息發布在各個平臺，也不印傳單的，只知道一個一個問，是要問到什麼時候？難怪找不到。」我對他搖搖手指，覺得賀存恩比想像中還要笨。

「妳比想像中還要聰明。」他說了句不知道算不算稱讚的話，姑且當作是吧。

我們來到南區，先一起在公園裡尋了一圈，而後他去東邊找，我則去西邊，我們約好最後回公園會合。

我走過大街小巷，詢問了不少路人，也一一問過店家，都沒有人看見傻冒。牠的特徵如此明顯，要是曾看過肯定會印象深刻，難道不在這一帶嗎？

走失了這麼長一段時間，也許早已被人撿走或是發生意外了，但我不想認爲是發生意外，所以只能祈求是被好心人帶回家。

五點多的時候，我回到公園想和賀存恩會合，卻沒看見他，打電話給他也沒接。與其這樣空等，不如在公園裡再找一次，所以我決定四處繞繞。

該說是皇天不負苦心人嗎？

一群像是剛補完習下課的國中女生經過，她們手拿礦泉水和麵包，還有個人拿著狗罐頭，正朝公園中人煙較稀少的方向去，我出於直覺選擇跟上。

「小黑，我們來嘍！」她們走到一處遊樂器材已毀壞的遊戲區，並沒有發現我跟在後頭。只見一隻黑色土狗從破損的溜滑梯後方小心翼翼地探出頭，邁出的前掌是白色的。

「傻冒！」我太激動了，一時忘記不能嚇著牠，大聲喊了出來，傻冒一驚，拔腿就跑，我想也沒想地追上去。

「快幫我抓住牠！」我朝那幾個國中生喊，然而她們一時沒有反應過來，我只得努力追著傻冒的背影。

牠跑得相當快，夾著尾巴、縮著耳朵，在公園裡亂竄，看樣子體力不錯，應該沒有受傷，毛色也還算健康。牠很聰明也很幸運，找到了地方躲著，又有好心的學生會餵食牠。

爲了不讓牠跑掉，我使出吃奶的力氣拚了命追著牠，覺得自己跑得比小學時參加大隊接力比賽還要快。

傻冒像無頭蒼蠅一樣狂奔，再這樣下去，牠就要跑到大馬路上了。情急之下，我靈機一動，趕緊朝右邊跑，企圖搶先攔住牠的去路，「你跑不掉的！」

不料，傻冒被忽然出現在面前的我嚇到，結果居然慌張地越過我，跑向馬路。眼角餘光瞥見車輛疾駛而來，我想也沒想地飛撲向前抓住傻冒，牠被嚇了一大跳，張嘴咬了我的手，而我也因爲這個動作擦傷了膝蓋。我抓著傻冒跌到地上，這時賀存恩終於出現，從對街跑過來。

我這才放下心，放開了抓住傻冒的手，讓牠撲進賀存恩懷中。

賀存恩抱起傻冒走向我，擔憂地緊皺眉頭，似乎想伸手攙扶我，又不知道該怎麼做。

「妳還好吧？」

「我找到傻冒了。」我咧嘴一笑，正打算起身，卻吃痛地低呼一聲。

他鬆開抓著傻冒的手，我連忙要伸手攔牠，「白痴，萬一又跑掉……」

「牠不會再跑掉了。」賀存恩小心地扶著我的手臂，雙眸彷彿覆上一層薄霧，「妳幹麼這麼拚命？」

「不然牠會被車子撞到啊。」我指指一旁的車水馬龍，要是跑過去被撞上，非死即殘。

「妳看妳的膝蓋，還有手，跟臉！」

經他這麼說，我才發現身上有好幾處擦傷，正微微刺痛著。

而傻冒似乎知道發生了什麼事，同樣皺著眉，黑色大眼睛瞧著我，發出低低的嗚嗚聲。

「我沒事啦，這點小傷很快就會好了。」跟讓傻冒被撞到比起來，我的傷勢的確沒什麼。

「留下疤痕怎麼辦？女生不是都很寶貝皮膚的嗎？」

他這句話莫名有點性騷擾的感覺，卻令我覺得十分溫暖，同時也有點不好意思。見他如此內疚自責，我明白他是認為要對我受的傷負責，於是只能傻笑。

「妳……」

「嗯？」

「妳多重？」

「啊？」這什麼失禮的問題啊！

我正想出聲抗議，他卻突然將我打橫抱起，就像公主抱那樣。我這輩子從來沒被男生公主抱過……不對，是從來沒被任何人公主抱過！

「放、放我下來！」我羞窘地大喊。

「妳不要亂動啦，很重！」

「你、你很失禮欸！」

他漲紅著臉，不知道是因為我真的很重，或者也是因為害羞。

「妳受傷了，不能走路，我帶妳去藥局啦！」他快步走著，傻冒則搖著尾巴跟在我們身邊。

我的雙手不知道該擱在哪裡，看著他的側臉以及沿著臉頰滴下的汗珠，我頓時非常難為情。

要是被同學撞見就糟了，因此我趕緊用雙手遮住臉，摸到的是滾燙的臉龐。

「好痛喔。」

「我輕一點。」賀存恩用沾水的棉花棒清理我的傷口，再塗上紅藥水。

此刻我們待在雲朵公園裡，賀存恩讓我坐在鞦韆上，他則蹲在我面前，專注且輕柔地替我處理傷口。

我扯著嘴角，不曉得該怎麼辦，只覺無比尷尬。

但是，剛才被他抱著的時候，我仰望他的側臉，終於理解了他爲什麼會是學校中的風雲人物。撇除機車的個性，他眞的是一個帥哥。

而現在，我俯視著他爲我上藥包紮的樣子，心想這大概就像是頭等艙的待遇吧。

「還有妳的臉……」

「我自己來就好了！」我連忙伸出手阻擋他。不能讓他再更靠近我了，今天心臟承受的衝擊已經夠多了。

「千萬不要留下疤痕喔。」他認眞叮嚀。

我接過棉花棒，用手機螢幕充當鏡子，輕輕擦著臉頰上的傷，眼角餘光瞥見他正注視著我清理傷口。

爲了緩解這份不自在，我只好開口：「你好像很在意疤痕？」

「喔……女生不是都很在意嗎？」

「會嗎？我就不在意。」我把短袖上衣的袖子捲至肩膀處，露出右手臂上的一道疤。疤痕大概有五公分長，呈咖啡色，活像被刀砍傷的一樣。事實上，也算是被刀傷到的沒錯。

「這是……怎麼弄的？」他似乎十分驚訝。

「在我小時候，有一次過年，親戚家的哥哥姊姊們聚在一起做寒假作業，正在割厚紙板。我好奇地跑過去湊熱鬧，拿刀片亂揮，表哥想搶過刀片，卻被我劃傷手掌，而表姊看見血後一個緊張，沒注意她手上的刀片還沒收起，就來搶我的刀片，所以也把我割傷了。」想到當時的情景，我不自覺地笑了出來，「大人們聽到我們的哭聲跑來，結果看見血紅一片，聽說我阿嬤當場嚇得暈倒，其他大人也都嚇到臉色發白，很好笑吧？」

「這不好笑吧，很可怕耶。」賀存恩伸手碰觸我的疤痕，「痛嗎？」

沒料到他會有這樣的舉動，我頓時僵住，「都、都、都那麼久以前的事情了……怎麼會痛。」

我慌張地把衣袖拉下來，順勢拍開他的手，結果不小心拍得太大力，他似乎愣了一下。

他別開視線，開始收拾包紮用品，期間傻冒始終乖乖地坐在一旁等待。

「那個，撲克牌不用賠了。」他忽然說，我怔了怔才反應過來。

「關於那件事……對不起。」大概是由於此刻的氣氛使然，我下意識地道歉，賀存恩微微挑眉，嘴角也揚了揚。

「謝謝妳，妳爲傻冒所做的事，對我來說意義非凡。」他露出眞摯的笑容，夕陽餘暉從天空的西邊灑落，賀存恩整個人逆著光，被金黃色的光芒所籠罩。

「沒什麼。」我低下頭，不敢看他。

「我一定要做些什麼報答妳。」

「不用啦。」我想起身，但賀存恩依然蹲在我面前。

「一定要，妳救了傻冒的命，請務必讓我做些什麼，我心裡才能好過。」賀存恩抬頭注視著我，手擱在我的膝蓋上。

他本來就是這樣的人嗎？明明之前總是口出惡言，為什麼現在變得如此……溫柔？噁心？

「所以你開學那天對我那麼兇，是因為傻冒不見了嗎？」

「嗯，我花了很多時間在找牠，卻一直找不到，心情不太好，所以多多少少有點遷怒妳。」他抓了抓後腦，「那就也當成是為之前對妳態度太差賠罪，讓我好好報答妳吧。」

賀存恩的目光太過真誠炙熱，背後那橘紅夕陽彷彿成了熊熊火球，燒得我渾身發燙。

「那、那就請我看電影吧。」為了破壞這種怪異又尷尬的氣氛，我說了個近乎刁難的要求，希望他可以打消報答的念頭。畢竟，我真的不認為他需要如此慎重地道謝，要是當時沒有救下傻冒，眼睜睜看著牠被車撞到，那我反而會自責一輩子。

「電影啊……電影票很貴……」沒想到，他居然認真地考慮起來。

「我是開玩笑的。」我再度嘗試起身，可賀存恩還是蹲在那裡擋著我，「你、你可以借過一下嗎？」

「我叫我哥來接我們吧。」他說，拿起手機準備撥電話。

「等一下，我可以自己回家的。」我趕忙要制止，突然間和賀存恩拉近距離，讓我有點不適應。

「反正我們住得近，妳又是因爲傻冒才受傷，而且我們也沒辦法帶著傻冒搭公車呀。」他的每一句話都有理得令我無法反駁。

見我妥協，他滿意地按下通話鍵，不一會電話那頭就傳出聲音，賀存恩興高采烈地開口：「哥，我找到傻冒了！應該說是我同學找到的，但是她因此受傷了，你來接我們回去好嗎？」

隱隱可以聽見電話裡響起一陣興奮的歡呼聲，看樣子他們全家都很高興。掛掉電話，賀存恩臉上洋溢著開心的笑容，「我爸會來接我們。」

「喔。」我有點不知所措，只能應了一聲。

我們坐在公園裡的長椅上，在等待他爸爸到來的期間，有一搭沒一搭地聊著天，大多時候話題都圍繞在傻冒身上。

「對了，妳想看哪部電影？」

「我剛剛只是開玩笑的。」我再次聲明。

「就算是開玩笑，大概也有一半是認眞的，才會這麼提議吧？而且我也不覺得妳是獅子大開口，妳不用擔心。」說到這裡，他尷尬一咳，「但這個月我剛買了些東西，沒剩多少零用錢，所以我只買妳的票，不跟妳一起去看，這樣沒關係吧？」

我瞬間紅了臉，這才意識到，要他請我看電影就像是在約他去看電影啊！我這個笨蛋！本來只是單純想把傻冒找回來，爲什麼如今一切會變得如此曖昧？

「我眞的沒有……」

「叭叭——」

喇叭聲打斷了我的解釋，一輛暗紅色的休旅車駛來，停在我們面前。駕駛座的車窗搖下，模樣與賀存恩十分相像的中年男子正看著我們。

「爸！」賀存恩喊了聲，趕緊攙扶起我，他的手掌貼在我的手臂上，讓我再次感到十分不自在。

他打開後車門，傻冒率先跳上去，在他爸爸的臉上拚命舔著，而賀存恩扶著我緩緩上車後，便開始敘述我剛才的「英勇事蹟」。感受到賀叔叔透過車內後視鏡打量著我，我尷尬地表示沒什麼，而賀存恩則繼續說要請我看電影作爲答謝。賀叔叔沒吭聲，顯得有些不苟言笑，一路上只有賀存恩不斷地說話。

車子抵達我家樓下，我再次道謝，準備下車，這時賀叔叔忽然出聲：「小佟啊，妳想看什麼電影？」

一開口便喊我小佟，令我瞬間覺得他似乎沒有那麼嚴肅了，不過我還是強調自己只是開個玩笑，不需要這麼客氣。

賀叔叔撫摸著傻冒，溫和地說：「我從小就養了傻冒的爺爺，牠們一代生一代，如今傻冒已經是第三代了，要是牠發生了什麼事，我們家的人都會很難過。」

接著，賀叔叔從駕駛座轉過頭來，「所以小佟，妳就不要客氣了。」

賀叔叔都這麼說了，如果我再拒絕，就太不識相了。有時候，適時地接受他人的好意也是一種禮貌，而且換個角度想，要是有人捨身救波波，我肯定也會想好好答謝對方。

「謝謝你們，那我就不客氣了。」我的回答顯然讓他們父子倆鬆了一口氣。

我告訴他們，我想去看最近上映的一部以動物為主角的溫馨電影，我原本就打算這個週末要約謝荏恩一起去看。

「啊，那部片我知道，我也很想看。」賀存恩對我眨眨眼，「很有眼光喔。」

現在是怎樣，他為什麼要在他爸面前調戲我？

「那我就先跟你說謝謝了。」我連忙打開車門，再和賀存恩多相處一秒，我的心臟就要爆炸了。

「我送妳。」賀存恩也下車，扶著我來到大門前，我向車內的賀叔叔揮手道謝，並要賀存恩快點回去。

「今天眞的很感謝妳。」他再次愼重地說。

「能找回傻冒眞是太好了。」

「嗯！」他點頭，露出孩子般的天眞笑容，直擊了我的心。

回到家，我馬上跑進自己的房間，拿出手機傳了訊息給謝荏恩。

「我明白爲什麼賀存恩會受歡迎了。」

✦

「昨天那是怎麼一回事？」謝荏恩瞇著眼睛，一副想看透我的樣子。

「什麼怎麼回事？」我裝傻。

「就那封訊息呀，妳爲什麼忽然說明白賀存恩受歡迎的原因了？」說著，她摀住嘴，「難道，妳喜歡上他了嗎？」

我翻了個白眼，卻覺得胸口莫名躁動，「拜託，哪有那麼容易就喜歡上一個人。」

「沒關係，喜歡上賀存恩是很正常的。」謝荏恩根本沒聽進我的話，「畢竟我和他的名字裡都有個恩字，所以懂得感恩。」

「妳到底在講什麼鬼？」說歸說，我並沒有告訴謝荏恩被請看電影的事，事實上，我也不覺得賀存恩眞的會實踐諾言。

雖然賀叔叔和他應該都是認眞的，但承諾這種東西本來就不用看得太認眞——好吧，我說謊，我昨天完全睡不好，心臟也不受控制地狂跳，簡直要到心律不整的地步了。

我一直想著，他什麼時候會約我？他是會買好票交給我，還是直接給我錢，讓我自己去買票？或者跟我一起去電影院但不進去，然後待在外面等？而他又會在什麼情況下約我？上課傳紙條告訴我？傳訊息？還是直接用說的？

僅是想像我就快要承受不住，明明沒有喜歡他，可我的想像力有如脫韁野馬般奔馳，導致我現在光是聽到賀存恩的名字，心跳就會莫名加速。

體育課時，我們班和羊子青的班級正好在同個地點上課，所以我和謝茬恩還有她找了個地方聚在一塊小聊，這才發現古牧然和羊子青同班，賀存恩正在另一頭跟他說話。

「古牧然也很受歡迎，雖然不是我的菜。」羊子青吐了吐舌頭，「話說回來，昨天妳是怎麼回事？」

昨天？怎麼會提到昨天？我並沒有跟羊子青說什麼呀。

我看著謝茬恩，她搖搖頭，表示她沒透露我昨天傳的那封訊息。

「別裝了，雲朵公園呀！」羊子青哼了一聲，「妳以爲沒人看見？」

「什麼東西？」發出疑問的是謝茬恩，她搖晃著我的手想得到解答，我的臉頓時控制不住地紅了起來，她見狀立刻把手架在我的脖子上，「坦白從寬！」

「抗拒從嚴！」羊子青則出手搔我的癢。

「等、等一下啦，等一下啦！哈哈哈哈哈……」她們根本沒有給我解釋的機會，就這樣直接在大庭廣眾之下「行刑」，害我癢得笑個不停，讓賀存恩都看過來了。

「好了，放過她。」謝荏恩先鬆了手，我已經笑到虛脫無力，一時間沒辦法說話，「什麼情況？」

「昨天有人看見小佟和賀存恩在雲朵公園，她坐在鞦韆上，而賀存恩蹲在她的前面，夕陽西下，畫面美得無法直視。」羊子青講得像是自己在現場一樣，「你們在拍什麼偶像劇嗎？」

「那是因爲我受傷了，他在幫我擦藥啦！」我以爲這個解釋可以令她們罷休，沒想到她們卻瞪大眼睛，更加誇張地喊：「所以說，你們做了什麼會受傷的事情？」

這句話怎麼聽怎麼奇怪，不過只要我好好解釋，說清楚是因爲賀存恩先在公車上借了我悠遊卡，後來我又幫他找回了傻冒，才讓我們之間的關係改善就好了。

可是……我不想說。

不知道爲什麼，瞧著謝荏恩與羊子青那八卦的模樣，以及周遭其他女生隱約在偷聽的樣子，我就忍不住想把這一切據爲己有，這使我感覺自己似乎很特別。

「祕密。」所以我這麼說。而遠遠的，我彷彿看見根本不該聽得到我說話的賀存恩正笑著。

當天回家後，我正準備寫作業，卻在課本裡發現一張對折起來的測驗紙。

禮拜六，十一點，雲朵公園。

我的心跳漏了一拍，雖然紙上沒有署名，但我知道是誰。沒想到，賀存恩會用這樣的方式通知我。

接下來幾天，我都魂不守舍、坐立難安，在學校我們如同往常般鬥嘴，只是少了火藥味。我們都沒提起電影之約，不過有時我往他的方向看去時，會發現賀存恩也正注視著我，又很快別開眼睛。

我並沒有談過戀愛，然而也不會笨到用其他理由來欺騙自己。

我會覺得他一直在看我，就證明了，我也一直在看他。

兩個月前我對他還百般嫌棄，如今心態卻一百八十度大轉變，原來第一印象真的就只是第一印象。

帶著緊張的心情，我在禮拜六的十一點整，準時出現在雲朵公園。

賀存恩穿著深綠色上衣搭配牛仔長褲，頭髮被風吹得凌亂。他皺著眉頭，企圖藉由公車站廣告螢幕的反光，把亂掉的髮絲打理整齊。

我輕手輕腳走過去，直到來到他身邊，他才發現我的存在。賀存恩似乎嚇了一跳，後退半步，接著把我整個人打量了一番，才尷尬地咳了聲，視線落向一旁，「很好，沒有遲到。」

「你也是啊。」我開口，聲音竟有些顫抖。

「快、快點走吧，我查過了，電影是一點開始，我們可以先吃點東西。」他一愣，彷彿現在才想到這個問題，「妳應該還沒吃東西吧？」

「沒吃。」我說謊了，其實我出門前才吃了一碗麵。

「那就好，我有找好一家咖啡廳。」賀存恩笑了起來。他原本就這麼愛笑嗎？

我們搭上途經電影院的公車，雖然車上有不少空位，但我們很有默契地站在扶手邊，畢竟坐在一起的話，距離實在太近了。

「妳看，傻冒流浪兩個月後回家，洗澡時居然把水染得這麼黑！」賀存恩把手機螢幕湊到我面前，照片裡的傻冒睜著黑溜溜的眼睛，坐在小桶子之中，桶子裡的水灰濁無比，不難想像牠的身子有多髒。

「你幫牠洗了幾次？」

「洗了五次，我差點以為找錯狗了，感覺洗完會變白色的。」說完，他哈哈笑了出來。該死，我的耳朵也出了問題嗎？為什麼會覺得他的笑聲這麼好聽？

下了公車，我直接往電影院的方向走，卻被賀存恩叫住：「妳要幹麼？」

「買電影票呀，不先去排隊嗎？」我望著前方長長的隊伍，說不定光排隊時間就不夠了，還不知道買不買得到票。

然而賀存恩竊笑著，拿出了兩張電影票給我看。

「你怎麼……什麼時候買的？」

「當然是先用網路訂票啦，我昨天就過來取票了。」

「可是……網路訂票需要多付手續費吧，你不是……我今天有帶自己的票錢，沒有眞的要你請客啦！」我手忙腳亂地拿出錢包，抽出一張五百元給他看。

「但我是眞的要請客，妳那天也答應我了啊。」賀存恩揉揉鼻子，「而且，這是我爸贊助的，他說要感謝妳，所以這場電影是他請的。」

「哇，你爸爸人眞好。」想起賀叔叔那與嚴肅模樣相反的溫柔聲調，我有些感動，「幫我謝謝他。」

「就說了，是我們家要謝謝妳。」他再次強調，隨即指向一旁那家以許多花草作爲裝飾的咖啡廳，「我們去那家店吧！」

我看了過去，店門外有許多女孩正在排隊，「這麼多人，我們進得去嗎？」

「放心吧，我預約了。」賀存恩眨眨眼睛，我頓時喜出望外。

「你是不是很常和人約會？不然怎麼都預先安排得好好的？」我想也沒想就脫口而出。

「不是啦！我哥也想感謝妳，所以特別請他在這間咖啡廳打工的大學同學幫忙，偷偷替我們留了位子，否則這家店假日是不接受訂位的。」賀存恩連忙否認，接著頓了下，有些詫異地瞧著我。

「怎麼了？」

「妳剛才說……算了，沒事。」他聳肩，嘴角的笑容沒有消失，推開了玻璃門。

他朝裡頭一個短髮的女服務生打招呼，對方迅速把我們帶到角落的座位，「臭傢伙，要不是我在這邊打工了三年，已經是老鳥了，哪敢這樣偷留位子呀。」

「好啦，似竹姊，謝謝妳，真的超級感謝妳的。」賀存恩對她再三道謝。

「這樣子好嗎？我是說插隊的事。」等那位服務生離去後，我小聲地問。

「沒問題的。」賀存恩擺擺手，要我別擔心。

於是我拿起手機開始拍攝咖啡廳裡的裝潢，天花板上倒掛著各色各樣的美麗乾燥花，還有用棉花做成的雲朵裝飾，我看得眼睛都亮了，而賀存恩笑了一聲，「要不要幫妳拍照？」

「呃……」

拍照的話，不就要經歷你看我、我看你的短暫尷尬嗎？

可是這裡這麼漂亮，生意又這麼好，短時間內我想再來可能也進不來……

「好啦，我知道妳想拍。」他伸手要我交出手機，我猶豫了一下，還是交給他了。

「一……二……三。」他數著，我覺得這三秒簡直是世界上最長的三秒，一想到他正透過螢幕盯著我看，我的身子就不禁微微發燙，笑容僵在嘴邊，怎樣都不自在。

這一刻，我好像忘了怎麼面對鏡頭、忘了怎麼笑。

拍完照片，他彷彿停頓了那麼零點幾秒，才將手機還給我，隨即低頭喝著飲料。

他似乎也很尷尬，或是害羞，我不確定他的想法，也不知道該如何應付這樣的情況。忽然間，我意識到，這是我第一次單獨和男生出來玩。

不想還好，這麼一想，我的臉都紅了起來。

我拿起手機，假裝要檢視剛剛拍的照片，其實是想遮掩自己泛紅的臉頰。不過看著照片，我發現賀存恩把我拍得挺好看的，只是我臉紅的模樣實在太明顯，他肯定看得很清楚吧。

我偷偷瞥了他一眼，而他也正瞧著我，就和在學校時的情況一樣。但是這一次，我們誰也沒移開目光。

「打擾了，這是兩位的義大利麵。」忽然，服務生走過來，將兩盤餐點分別放到我們面前，我如夢初醒，趕緊別開視線。

賀存恩朝對方尷尬一笑，我這才注意到，負責上餐的服務生就是他哥哥的同學。

「小存恩呀，談戀愛？你哥哥知道嗎？爸爸知道嗎？」這位姊姊留著及肩短髮，鼻子高挺、皮膚白皙，細長的眼睛畫了向後勾起的眼線，是個十分有個性的漂亮女生。她堆起笑容看我，「妹妹長得很可愛呀，確定要選賀存恩嗎？他感覺笨笨的，對女生可能不會很好喔。」

「我們只是同學啦！」賀存恩漲紅了臉，急匆匆地解釋。雖然他說的是事實，可這樣果斷地否認，不知道爲何讓我有些難受。

「原來就是她找到傻冒的，難怪你哥從來不請我幫忙，這次卻拜託我幫你們預留位子。」她恍然大悟地點點頭，「好啦，我要去忙了，拜拜。」

說完，她轉身離開，原本就很尷尬的我們，這下更加尷尬了。

賀存恩咳了聲，問起我家的狗想轉換氣氛，而一提到波波，我的眼睛就亮了，馬上找出照片與他分享。

果然小動物永遠是個好話題，雖然偶爾還是會有不知所措的時候，不過整體來說我們還算相談甚歡。

離開前，我們向那位姊姊道了謝，之後便前往電影院。

賀存恩去領了爆米花和可樂，說他看電影時一定要配東西吃，而我看電影時是不吃東西的，因爲會分心。可是不知怎地，當他問我的習慣時，我卻說我也喜歡一邊看電影一邊吃東西。

天啊，我絕對是中蠱了。

選擇看這部溫馨動物片的我，早已透過預告片隱約得知會是悲劇收場，所以做足了心理準備，只是最終仍忍不住掉了幾滴眼淚。沒想到，賀存恩比我更誇張，竟哭得淚流滿面，令我驚訝無比。

「幹麼，男生就不能哭嗎？」他用手背擦掉眼淚，吸了吸通紅的鼻子。

我拿出衛生紙給他，對他這個模樣感到非常新鮮，睜圓了眼睛直盯著他的臉。

「不要一直看啦！」他伸手推我，我俐落閃過，興起了惡作劇的念頭。

「你哭起來好可愛喔。」

聞言，他的臉更紅了，支支吾吾起來：「少、少在那邊說男生可愛，哪像妳，居然沒哭！」

「我有哭呀，但沒像你這麼誇張。」我笑咪咪的，在他身邊轉了兩圈，迅速拿出手機要拍照。

「欸！」他發現的時候已經來不及了，被我拍下了一張紅鼻子的照片。

「我要設爲待機桌布。」我故意說，這是爲了調侃他，沒想到賀存恩卻愣了下。

「爲什麼？」他反問。

「沒爲什麼呀。」因爲很可愛，很有趣吧。

「把我的照片設成待機桌布，爲什麼？」

這下子，我才意識到自己說了奇怪的話。

「這、這……我沒別的意思。」我趕緊把手機收起來，「當我沒說。」

他「喔——」了好長一聲，臉上哪裡還有什麼淚痕，早就換上了愜意的微笑，意味深長地注視我。

「今天謝謝你和你爸請客。」我連忙換了話題，然後繼續說波波的事。

賀存恩的注意力立刻被轉移，熱切地與我討論起養狗的心得。

果然沒有小動物不能解決的事情，我暗自鬆了一口氣。

回家的路上，我們已經從傻冒的爺爺聊到傻冒的父母，當抵達我家樓下時，我正要道別，他卻喊住我。

「對了，我有個問題想問一下。」

「嗯？」

「就是，妳都在什麼時間帶波波去散步？」

「早上出門上學前，還有晚飯後。」我驕傲地比出「二」的手勢，覺得自己是個優良飼主。

「那妳有男朋友嗎？」

我一愣，被這個突如其來的問題驚得答不出話。

他紅著臉，並沒有看我，一隻手還掩在嘴角邊。

「什、什什什什麼？」老天，我居然結巴！

「妳聽到我說的話了。」他皺眉，一副困擾的樣子，臉頰紅了一片。

「我、我我我……有……」

「妳有男朋友？」他叫了出來，表情像吃到什麼很苦的東西。

「不是啦，如果我有男朋友，怎麼可能還會跟你去看電影？」話一出口，我就後悔了。這麼急於否認，會不會洩漏了我對賀存恩日漸增加的好感？

他又「喔——」了好長一聲，這才揚起笑容。

「這部電影很好看，我們下次再約吧。」剛才滿臉通紅又害羞的他似乎不見了，取而代之的是胸有成竹的自信模樣，我不禁覺得他這個樣子十分吸引人。

原來，還是有小動物無法解決的狀況呀。

第四章

「所以說，妳考幾分？」

看著沮喪的我，原本想取笑我的賀存恩收起了戲謔的神情，低頭輕聲問。

「六十……」我捏緊手中剛發下來的期中考卷。

「還可以啊，至少有及格。」他的話顯得言不由衷。

「那你幾分？」

「情況不一樣，我本來成績就比較好一點。」我明白他這麼說是想安慰我，不過這番話完全沒用。

「我還有不及格的。」我拿出自己的理化與數學考卷，分數差點就變成四開頭。望著那慘不忍睹的成績，他也說不出安慰的話了。

「我可以教妳。」他將考卷折起，摸摸我的頭。

如此曖昧的舉動，在我們之間越來越常出現，但此刻我心跳加速之餘，依舊愁雲慘霧。

「我媽之前說過，要是期中考沒考好，就要請家教了。」我鼓著臉頰，「都怪你。」

「怪我？我怎麼了，沒有教妳嗎？」見我還有心情鬧脾氣，他寬心地笑了起來。

「怪你一直傳訊息給我，還傳好笑的網頁連結來，所以怪你。」我打著他，他笑著閃過我每一次的攻擊。

「妳可以已讀不回，或有空的時候再回呀。」

「少來，我只要過五分鐘還沒有回你，你就會馬上問怎麼了。」我哼了聲，況且看見他傳來的訊息，我哪有可能忍住不回？

「好啦，至少是請家教，又不是叫妳去補習班。我跟我哥國中時，都被我爸媽送到那種每堂課都有百人規模的大型補習班耶，那才叫累。」賀存恩伸出手，準確地抓住我正要捶他胸膛的拳頭，輕易地包覆起來。

「放尊重點喔。」他低聲說，根本毫無威脅力。

他微笑著，輕輕攤開我握著的拳頭，讓我掌心朝上。他並沒有牽住我的手，只是讓手指頭在我的掌心游移，這比眞正牽手還更令人害羞。

「幹麼啦……」

「我在想，考完試了，也許我們可以去……」他停頓了一下，「一起帶傻冒和波波去散步。」

「好呀，我最近發現一個新的散步地點，可以讓狗狗自由奔跑，傻冒一定會喜歡的。」我眼睛發亮，興奮地說，賀存恩不由得一笑。

「剛才還愁眉苦臉，一講到狗，煩惱就全消失了。」

「嘿嘿。」我抓住他在我掌心上不安分的指頭，賀存恩愣了下，有些窘迫地紅起臉。

「幹麼啦。」

「沒幹麼。」我笑了兩聲，他反握住我的手，我們就這樣站在走廊底端，凝視著彼此。

「要瞎了。」謝荏恩忽然出現，眼神死地說。

「哇！妳什麼時候來的！」我嚇了一大跳，不知道是誰先甩開誰的手，總之我和賀存恩迅速分開。

「我在這邊很久了，應該說，是我先到的，然後你們就跑來放閃。」謝荏恩扶額搖頭，朝我伸手，「醫藥費拿來，我要去看眼科，因為閃瞎了。」

我用力打了她的掌心，要她別亂開玩笑。

「不會吧，你們都這樣了還沒交往？」謝荏恩不可思議地喊，讓我和賀存恩陷入尷尬。

的確，我們誰也沒提交往的事，只是自然而然地如此互動。

雖然賀存恩問過我有沒有男朋友，但並不算是提出交往吧？可是，那現在我們之間又算是什麼關係？一定得明確表示要交往，才能算在一起嗎？怎麼想都好彆扭。

「我先走了，妳們慢聊。」賀存恩居然選擇逃走，不過看他連耳根都紅了，我也不打算攔他。

賀存恩一離開，我立刻雙手捏上謝荏恩的臉頰，「妳這個女人，到底在亂說什麼啦！」

「欸欸欸，我是想推你們一把耶！」謝茬恩掙脫我的手，趕緊往後跳，「妳不知道賀存恩有多受歡迎嗎？不快點把他訂下來，到時候被搶走怎麼辦？」

「什麼訂下來，他又不是蛋糕……」我捲著自己的髮尾，注意到其他女同學經過時，無不多看我兩眼。

「賀存恩就是和蛋糕一樣可口。妳沒發現大家現在都很有危機感嗎？因爲賀存恩從來沒跟任何女生這麼親近過，唯獨妳是例外耶！」

「可是……」

「還可是什麼？」

「他又沒有說要交往，難道我要自己提？」

「對呀！」謝茬恩一副覺得我在問廢話的樣子。

「這是我的初戀耶，至少要讓男生開口吧……」

「大小姐，都什麼時代了，還要男生主動開口。」

「但、但我又不確定他是不是眞的喜歡我，如果我開口了，他卻拒絕，這樣不是很尷尬？」

「他都摸妳的頭、牽妳的手了，還叫不喜歡？」謝茬恩雙手放在臉頰兩邊，嘴巴張得老大，「妳是多沒自信！」

「妳不是說他對女生都很溫柔嗎？唉唷，反正我不敢啦！要是被拒絕的話很糗。」我放下捲著髮尾的手，改成揪著百褶裙襬。

「好！妳現在跟我走。」她抓住我的手腕，不由分說地往前跑。

「妳要去哪裡？」我想掙脫，無奈謝茬恩的力氣實在太大。

「去找羊子青。」她看了一下手錶，「快點，再五分鐘就上課了！」

「那就下一堂課再去啊。」

「不行，等到下一堂課，妳就會找藉口不去，繼續逃避。」謝茬恩邊跑邊轉頭對我眨眼，「等你們在一起後，妳絕對會感謝我的雞婆，到時候要記得我是媒人喔。」

「什麼媒人，又不是結婚……」我失笑，「等一下，我們去找羊子青幹麼？」

一路跑到羊子青班上，正在和同學聊天的她一看見我們，便揮著手快步走出來。

「妳們怎麼來了？」羊子青的臉紅撲撲的，我看了看她身後，一個很眼熟的男生跟著過來。

「主要是來找他的。」謝茬恩朝那個男生點頭，「古牧然，你和賀存恩是青梅竹馬對吧？」

「嗯，怎麼了？」

瞧著他清秀的臉龐，我總算想起來了。他曾經來過我們班上，我都忘記了。

「是這樣的，你知道她是誰嗎？」謝茬恩用手肘頂了我一下。天啊，這是什麼白痴問題？

「他怎麼會知道……」

「知道啊，巫小佟。」沒想到，跟我從沒有交集的古牧然準確地說出了我的名字。

謝荏恩似乎早有預料，「你不是從子青那裡知道的吧？」

「存恩時常提到。」古牧然回答，我的心跳變得飛快。

「唉唷，我有聽說，小佟，妳現在跟賀存恩超級無敵曖昧對吧？」羊子青竊笑。

「我在旁邊看得都急了，不知道有很多女生對賀存恩虎視眈眈嗎？小佟居然一點都不心急，不趕快訂下正宮的位置，還在那邊說不曉得賀存恩喜不喜歡她，所以我就帶她過來了。問賀存恩的青梅竹馬古牧然最準！」謝荏恩劈里啪啦說了一大串。

「賀存恩一定喜歡妳的，雖然他對女生都很溫柔，可是從來沒那麼頻繁地跟女生有肢體接觸，我好幾次看見他摸妳的頭，是在演偶像劇嗎？」羊子青幫腔，也跟著問一旁的古牧然，「快，你這個青梅竹馬說給她聽。」

古牧然打量了我好一會，彷彿在確認什麼，最後直視著我的雙眼，「妳也喜歡他，要跟他告白是嗎？」

「也？妳聽到了嗎？他說『也』耶！」謝荏恩熱切地搖著我的手，羊子青則拚命點頭。

「我該告白嗎？會成功嗎？」我回望著古牧然，想聽到肯定的答案。

「會成功。」古牧然說完，隨即皺起眉頭，「但妳真的了解他嗎？」

「交往後再慢慢了解就好了呀。」謝荏恩用力拍了我的背，「好啦，既然已經確認了賀存恩的心意，這下子妳沒有後顧之憂了吧？」

見古牧然欲言又止，我追問：「還有什麼事情是我該知道的嗎？」

像是沒想到我會這麼問，古牧然愣了愣，隨即揚起欣慰的微笑，「也許是我擔心太多了，交往後再慢慢了解也可以。」

「啊，打鐘了，妳們還不快點回教室？」上課鐘響起，羊子青催促我們，於是我懷著既期待又不安的心情，和謝茬恩一路笑鬧著回到教室。

「怎麼這麼晚才進教室？」在座位上坐下之後，賀存恩好奇地問我，「而且妳心情好像好多了？」

我很佩服他敏銳的觀察力，在愛情方面，我的心情確實很好，但學業方面卻是慘了。告白依舊必須暫緩，我得先回家面對得知期中考成績的媽媽。

「不用多說了，就是請家教。」果然，媽媽的反應一如預期。

我沒有討價還價的餘地，畢竟之前就說好了，不過一想到還有賀存恩在，我便沒那麼沮喪了。

幾天後，我仍沒有向賀存恩告白，維持著曖昧狀態，而家教老師倒是先出現了，還是毫無預兆地突然出現在我的房內。

「巫小佟？妳的名字眞特別。」家教老師坐在房間中央，小桌子上已經放好課本。

他穿著藍色的短袖襯衫，頂著凌亂的頭髮，露出和善的笑容，那語氣彷彿認識我很久一樣，但又保持著適當的禮儀。

「大文高中呀，這所學校的程度不錯呢。」家教老師打量著我的制服，他的長相十分眼熟，我總覺得曾在哪裡看過，或是跟誰長得很像。

不過感覺再親切，仍不減我對家教的排斥，我一邊暗暗在內心抱怨媽媽的動作太快，一邊對眼前的男老師擺臉色，「我要換衣服。」

「啊，眞是抱歉。」說歸說，他卻沒有要離開的樣子。

「我要換掉制服，在我的房間把制服換下。老師，請你出去一下。」我把話說得更清楚。

「呃，我是很想出去，可是我沒辦法走開。」他皺起眉頭，我頓時更爲火大。什麼叫沒辦法，難道他想看我換衣服？

下一秒，他帶著微笑指了指他被小桌子遮擋住的大腿，我探頭一看，這才發現波波居然躺在他的腿上睡覺。

「波波！」我驚訝地大喊，波波面對陌生人向來非常警戒，更別說趴在對方腿上睡覺了。

「妳嚇醒牠了。」波波慌忙從他的腿上跳下，而他顯得有些失望。看著波波跑出房間，他站起身朝門外走，「那換好衣服請跟我說一聲。」

離開前，他又對我露出燦爛的笑容，頓時我認出這張臉了。之前我在那疊家教傳單中，看過他的照片，就是那個帥氣的男生。

他本人的確長得很好看，但神奇的是，只要想著賀存恩，看到其他男生就沒有任何感覺了。

該來的終究會來，但我討厭在學校上完課，回家後又要念書。希望等我成績進步後，就不再需要家教老師了，所以我必須認眞學習，讓成績提升。

當我換好居家服來到客廳時，只見媽媽正和老師有說有笑，波波又趴在老師的大腿上，閉著眼睛，似乎很享受老師的撫摸。

媽媽稍稍瞪了我一眼，似乎在責怪我把老師趕出房間，我頓時覺得無辜至極。難道要老師待在房間裡看我換衣服？話說回來，隨便讓其他男人進青春期女兒的房間，這才叫人百思不得其解吧。

老師跟在我身後返回房間，平時不怎麼黏人的波波成了跟屁狗，老師一盤腿坐到地毯上，牠便立刻跳了上去。

「奇怪，你身材不胖，爲什麼波波喜歡跳到你的腿上？」如果是因爲肉多，躺起來比較舒服，我還勉強能夠理解。

「大概是因爲我很有狗緣吧。」家教老師笑咪咪地給了個奇怪的答案，「我先自我介紹一下，我剛升上大一，所以高中的課業對我來說並不陌生，加上我什麼優點都沒有，就是成績特別值得炫耀，因此在我的指導之下，妳一定可以迅速進步的。」

這番話不知爲何令人聽得有點火大。

「謝謝老師。」我語氣平板地說。

「不用叫我老師啦，太嚴肅了。」他誇張地笑，抓了抓自己的臉頰，似乎思考了一下，「我的朋友們都叫我阿希，妳也這樣叫我吧。」

阿希？我又不是他的朋友，而且他年紀還比我大。我十分不以為然。

「這不太好吧，畢竟你是我的老師。」

「拜託，叫我老師我會起雞皮疙瘩，我還有教國三的學生，連他們都叫我阿希了，所以妳就別介意了。」他不是在徵求同意，而是要求我這麼做。沒等我應答，他很快拿出一張測驗卷，「雖然大文的學生素質都不差，但我還是想先確認一下妳的程度。妳媽媽跟我說，要讓妳的班排名保持在前五名。」

「前五名……她想逼死我嗎？」我沮喪地說，眼前的……就叫他阿希吧，阿希卻面露玩味的表情，瞧著我笑。

「望子成龍、望女成鳳，是父母的通病。」他的食指在測驗卷上面輕點兩下，「有時候我們達不到父母的期望是正常的，因為無論怎麼努力，父母往往都不會有滿意的一天。」

「這麼說聽起來並沒有讓人比較好過。」我坐下來，看著那份試卷，「真希望快點上大學。」

「我以前也常這樣想，而等我發現的時候，就已經上大學了。」阿希雙手環胸，「時間過得很快，一眨眼最珍貴的青春時光就過去了，所以別發牢騷了，快點寫吧。」

期中考剛結束，班上都還處於放鬆的氛圍，賀存恩今天甚至跟我說他打了一整個禮拜的電動，然而我居然又要寫試題。

我花了二十分鐘左右寫完，阿希帶著笑意批改，我本以爲是答得還不錯，所以他才會笑，結果竟錯了一半。

「錯這麼多，你爲什麼還笑？是覺得我很可笑嗎？」我再一次被打擊。

「不，我只是習慣面對任何事情都保持笑容，考不好又不是世界末日。」阿希聳聳肩。他知道自己的笑容有點欠揍嗎？

「對我來說就是世界末日。」我告訴他，其實我並不想上家教課，所以雖然對他很抱歉，不過只要成績明顯進步，我就會馬上要求中止家教課程。

「沒有問題。」沒想到他果斷地接受，「其實妳錯的地方都滿類似的，妳太粗心，沒仔細看題目，但邏輯和概念都正確，只要細心一點肯定會進步很多。」

他指出我的問題，我當下一愣。

「老師，你是念哪所大學？」

「叫我阿希就好了。」他又笑了，然後說出了第一志願的學校。

我「哇」了好幾聲，他大方地接受讚歎，似乎十分習慣。

「所以有我教妳就放心吧，不需要愁眉苦臉的，也不用把我當敵人看。如果妳期末考成績進步夠多，那我們也只有幾個月的相處時間而已。」被他明確點出我原本抱持著敵意，我頓時有點不好意思。

「謝謝你，嗯……阿希？」我試探著喊了他的名字，而他點頭，滿意地笑了。

✦

「所以說，妳到底什麼時候要告白？」

謝荏恩的成績一向沒話說，所以她從來不會煩惱考試的事情，整天只想著要我快點告白。

距離上次去找古牧然確認賀存恩的心意後，已經過了兩個禮拜，我也已經上了兩個禮拜的家教課。阿希每個禮拜來三次，每次一小時，雖然學習的過程中，我時常感到頭昏腦脹，但好在他只要發現我開始無法吸收，便會停下來讓我休息，並聊聊他的大學生活或其他趣事，所以嚴格說起來，上課的時間大概只有四十分鐘。

「眞的要告白的話，還是會緊張的好嗎？」

「那是因爲妳缺少一個機會，所以，我決定幫妳一把。」說完，謝荏恩喊住剛進教室的賀存恩，要他過來我們這邊。

「妳想幹麼啦！我警告妳，不能幫我告白，知道嗎？」我迅速壓低聲音告誡她，謝荏恩眨眨眼睛表示了解，可是臉上那令人不安的笑容並沒有消失。

「怎麼了？」賀存恩來到我的座位旁，我瞬間心臟一縮。明明每天都有見面和說話，爲什麼我還老是因爲他的靠近而緊張？

「你這個禮拜六有事嗎？」謝荏恩問。她到底想做什麼？

「沒事。」賀存恩看了我一眼，「怎麼了嗎？」

「那正好，要不要一起出去玩？」謝荏恩的話讓我瞪大眼睛。

「出去玩？去哪裡玩？」賀存恩挑起一邊眉毛。

「就去遊樂園吧！」我猜謝荏恩根本是想到什麼說什麼。

「好啊。」賀存恩乾脆地答應了，「要找幾個人？」

「你和小佟一起去就好。」謝荏恩居然這麼說，我倒抽一口氣，賀存恩看向我。

「我、找古牧然還有羊子青吧，大家一起！」我還以爲自己已經準備好和賀存恩在一起了，結果一想到我們單獨出去玩的情景，我就無法克制地心跳加速，甚至產生會因心跳過快而死的滑稽念頭。

所以，我想也沒想地提議，謝荏恩毫不掩飾地嘖了一聲，賀存恩雖然有點傻眼，不過隨即竊笑著答應了。

他們馬上開了一個LINE的聊天群組，敲定時間及確切地點，賀存恩還在上課時傳了張紙條過來，說他十分期待。

我也很期待，正是因爲太過期待了，所以直到阿希告訴我禮拜六要交作業時，我才赫然驚覺那天要上家教課。

平常家教課的時間是禮拜一、三、五，但上週阿希說他禮拜五有事，因此調課到禮拜六，而我完全忘記了這件事。

於是，我請媽媽幫我向阿希請假，媽媽卻板起臉孔，「請假？妳考試成績進步了嗎？老師都提早跟我們談好了，妳臨時請假不怕給人添麻煩？去和朋友改時間吧。」

明白不可能說服媽媽，所以我打算詢問大家是否能改期，但一點開聊天視窗，便看見謝荏恩發了張票券的照片。

「我在網路上買到了團體票，期限剛好到這個月底，我們眞是太幸運了。」

禮拜六就是這個月的最後一天，實在太不湊巧了。我本想私下和謝荏恩討論，賀存恩卻傳來訊息。

「好期待禮拜六。」

這幾個字，讓我猶豫了。

我想了又想，希望能找到既可以去遊樂園，又不會惹媽媽生氣的方法，然後，一個兩全其美的做法便這麼浮現了。

禮拜六當天，天氣非常好，是個適合出遊的日子。我將課本裝進大背包，在家吃了早餐後，就拎著背包出門了。

「不要太打擾老師，還有別讓老師請客，知道嗎？」媽媽再三叮嚀，我點頭表示聽見了。

離開家之後，我小跑步前往捷運站，抵達時列車剛好進站，我在車門即將關上時衝進車廂，看了看時間，大概會遲到十分鐘左右。

我連忙傳訊息要大家等我一下，同時顧不得自己在公共場合，直接在捷運上脫掉布鞋，換上從背包中拿出來的娃娃鞋。

一到約定的車站，我迅速跑進廁所脫下身上的休閒服，換成可愛的上衣和短褲，並將重要物品都放入另外帶來的斜背包，這才離開廁所，把裝著休閒服、布鞋還有課本的大背包塞進車站的置物櫃。

我再傳了訊息給阿希，告訴他我忽然生病了，必須請假。他很快地回覆訊息要我多休息，下次再補課也沒關係。

好，這樣就都解決了。

我因爲說謊而微微顫抖著，覺得自己做了相當糟糕的事，但同時我也萬分期待再次和賀存恩出遊。

當看到賀存恩他們站在捷運站出口等我時，欺騙媽媽和阿希的愧疚感頓時消失得無影無蹤。

「遲到要請客喔。」一瞧見我，賀存恩馬上手插腰裝作生氣的樣子，我連忙雙手合十賠罪。

「我等等請你們喝飲料啦。」我向所有人道歉，卻發現謝荏恩和羊子青的表情很不自然，顯然並不是因爲我遲到的關係。她們偷偷對我使著眼色，視線落在旁邊。

我看著賀存恩和高他一個頭的古牧然，而賀存恩身後居然有一個沒見過的女生。

這下子我終於明白謝荏恩和羊子青爲何表情怪異了，就連古牧然的神情也有些微妙。注意到我的目光，賀存恩把站在他後面的女生帶到我面前。

他的手放在那個女生的手腕上，動作如此自然親暱，我的胃一陣絞痛。

「她是孫芫媛，我和古牧然的青梅竹馬。」他介紹，「早上出門時正好遇到她，她說要一起來。」

他也太多青梅竹馬了吧，古牧然還罷了，可是這個孫芫媛看起來就像少女漫畫裡面，會破壞男女主角關係的女二，外表柔弱可愛，心機卻多半無比深沉。

我撐起微笑，告訴自己要從容，不可以像神經病一樣亂發脾氣，以免有失女主角的風範。

「我是巫小佟，叫我小佟就好。」

「妳好，我是芫媛。」她的聲音輕如羽毛，語氣怯生生的，我無法確定她是不是故意裝得楚楚可憐，只能確定這個女生絕不會是我想深交的類型。

出於女性的直覺，我覺得孫芫媛大概是喜歡賀存恩的，想必謝荏恩和羊子青也察覺了，才會露出那種表情。

「我只有買五張團體票。」謝茬恩簡潔地下了逐客令。

「啊，抱歉，都是我臨時要跟來。」孫芃媛垂下目光，一隻手稍微握拳掩住嘴巴，「我可以自己買票，沒關係的。」

古牧然聳聳肩，似乎不意外孫芃媛會這麼說。

「那我們快點出發吧，已經比預計的時間晚很多了。」我開口，謝茬恩明顯有些不諒解。我明白她是在幫我，可是目前還不知道賀存恩和孫芃媛的關係有多好，無論如何，他們總是青梅竹馬，要是一個弄不好，讓賀存恩討厭我了，那可就糟了。

我們朝遊樂園的接駁車等候處去，孫芃媛黏著賀存恩，因此謝茬恩和羊子青忍不住在一旁低聲抱怨，而我則走在落單的古牧然旁邊。

「你之前會問我是否眞的了解賀存恩，就是因爲她嗎？」

「妳挺敏銳的。」古牧然聳聳肩，「芃媛一直都念私立女校，並沒有和我們在同所學校過，所以大部分的人不曉得她的存在。」

「也是因爲她，賀存恩才會沒有女朋友？」

「既然妳會這麼問，表示妳看出芃媛對存恩的心思了。」古牧然挑起一邊眉毛，「所以，妳還想告白嗎？」

「不管有沒有孫芃媛，我對告白這件事都充滿猶豫。」況且孫芃媛又是人見人愛的類型，和她相比，我頓時有種自慚形穢的感覺。不過，其實這些都無關緊要，「我和孫芃媛怎麼想不重要，重要的是賀存恩怎麼想，對吧？」

古牧然訝異地睜圓眼睛，接著淺笑，「是呀，很多女生都忘了這一點，只急著想跟芫媛爭奪，明明存恩的想法才是最重要的。」

有了古牧然的贊同，我更加寬心了。我無需去競爭，只要做好我自己，用原本的方式和賀存恩相處，如果他也喜歡我，就會自己靠過來的。

上了接駁車，我把這個想法告訴謝荏恩，她卻不能苟同，「我是要幫妳製造機會才把他約出來的，怎麼妳反而退縮了？」

「誰說一定要利用機會不顧後果地勇往直前？心境轉變也算是一種進展啊。」我說，可是謝荏恩還是不同意。

「原本是要讓妳和賀存恩待在一起的，結果現在變成孫芫媛和賀存恩一起坐，羊子青和古牧然一起，我們反而像電燈泡一樣。」謝荏恩十分自責，有個好友這樣爲我煩惱，我感到相當幸福。

所以我抱住她，發自內心地道謝，還順便親了她的臉頰，謝荏恩立刻大叫出聲。她的叫聲引來其他人的注意，羊子青嚷嚷著，不准我們排擠她，自己相親相愛；而賀存恩也看了過來，問我到底在幹什麼。

「羡慕我們感情這麼好嗎？」我想也沒想地脫口而出，賀存恩先是一愣，隨即回了句：「羡慕呀。」

姑且不論他是什麼意思，見一旁的孫芫媛臉色發白，我頓時覺得這樣就很好了。

第五章

我犯了錯。

由於玩得太開心，直到快五點的時候，我才第一次拿出手機查看，發現居然有來自媽媽的二十五通未接來電，以及阿希的五通未接來電，和他們傳來的訊息。

不用看也知道發生了什麼事，一陣寒意頓時從腳底直竄至背脊，我不禁渾身顫抖。

「發生什麼事了嗎？」注意到我停下腳步，賀存恩走過來問。

「我……」不，我不該告訴他自己爲了出來玩，所以欺騙了媽媽和阿希，這也許會讓他自責，或是因此對我的印象變差，「沒有啦，我媽媽傳了訊息來。」

「有什麼事情嗎？我看妳臉色不太好。」他伸手摸了我的額頭，神情流露出擔憂，「好涼，該不會感冒了吧？」

如此親暱的行爲當然被孫芫媛看見了，她瞪大眼睛，一臉不敢置信。

我十分高興，尤其是在她一整天都黏著賀存恩的情況下。雖然我跟謝荏恩和羊子青其實也玩得很愉快。

手機再次震動，是媽媽打來電話，我不敢接。既然無論如何都一定會挨罵，那不如等到回家後，再讓媽媽罵。

我將手機轉爲勿擾模式，對賀存恩揚起笑容，「沒事，我們繼續玩吧。」

「我想回家了！」孫芫媛卻冷不防大喊，跑到賀存恩身邊拉著他的手，「太晚了，我答應媽媽六點前要回家的。」

羊子青一聽，直接說：「那妳自己先回去呀，剛好再十分鐘接駁巴士就來嘍。」

謝荏恩笑出聲，孫芫媛鼓起臉頰，再次對賀存恩說：「我們一起回去吧。」

「就說了妳自己先回去，不要掃興啦！」羊子青雙手插腰，面露不悅。

這情況看起來很像我們在欺負她，要是接下來沒事的話，我也會覺得孫芫媛掃興，但此刻她的無理取鬧對我來說卻是個機會，因爲雖然無視了媽媽的來電，我的內心依舊相當焦慮。

「不然我們就都回家吧。」所以我提議。

「巫小diao！妳搞什麼？何必要配合她啦！」謝荏恩大叫。

「不是，我家正巧有點事，反正時間也差不多了。」我撒謊。

「妳眞的不是勉強配合？」賀存恩問。

「當然不是。」我給了他一個微笑。

「芫媛，妳下次如果再這樣，就不要跟我們一起出來了。」沒想到幫忙說話的竟是古牧然。

「哼，牧然你才不懂。」孫芫媛朝他吐吐舌頭，手依然緊抓住賀存恩。

「芫媛，妳不要一直抓著我。」賀存恩有些爲難地抽開手，瞥了我一眼後，咳了聲。

「好吧，那離開前我們去搭摩天輪吧，那可是遊樂園裡最有名的設施。」謝荏恩也退了一步。

摩天輪的排隊人潮很多，而且摩天輪運行一圈需要二十多分鐘，因此大概還要花費一個多小時，再加上交通時間，這麼一來回到家最快也是六點過後了。

回家之後，媽媽會怎麼發飆⋯⋯

不，打起精神來，既然不管怎樣都會被罵得很慘，那至少今天的出遊要有個愉快的結束。

我期盼地望著賀存恩，這是今天一整天下來，我第一次與他對視這麼久。

賀存恩看了看我，又看了看拉著他的手的孫芫媛。

「那我們就搭⋯⋯」

「存恩！」孫芫媛高聲打斷他，「我要回家，我說了我要回家！」

「妳這女人⋯⋯」羊子青氣得要衝上前，卻被古牧然拉住。

「那⋯⋯」賀存恩的目光在孫芫媛白淨的臉上停留了一會，而後轉過來看我，再望了下大家。

我有不好的預感。

「抱歉，那我們先回去好了。」

「賀存恩！」謝荏恩不敢置信地喊。

而古牧然嘆氣，像是並不意外。他悠悠地瞧了我一眼，好像在問「妳還要告白嗎」。

「那好吧，你們先回去，我想去搭摩天輪。」

或許是爲了賭一口氣，或許是爲了自尊，又或許我根本不知道是爲了什麼。我的心情本來一直都很好，即使孫芫媛始終纏著賀存恩，我也沒有任何沮喪的情緒，此刻卻忽然感到無力至極。

或許其實是因爲，我爲了和賀存恩一起出來玩而說了謊，導致回家後可能面臨強烈的責難，但賀存恩卻沒有選擇我。

不過，這也都是我自作自受，並不關賀存恩的事。

於是我轉身，直接朝摩天輪的排隊處走去。

「小佟！」謝茬恩追在我身後，其他人也喊著我的名字，只是其中不包含賀存恩的聲音。

毫無預警地，我的眼淚就這樣落下。

太脆弱了，太容易哭了。

不能這樣就哭了，眼淚要用在更有意義的情況下。

我咬著牙，來到隊伍尾端。

事實上我是期待的，期待回過頭時，能看見賀存恩跟了上來。可是當我回頭的時候，只有我的兩個好朋友在那裡。

「我讓古牧然跟著他們回去了，總比只有他們兩個好吧。」羊子青扯出一個微笑，把手放到我的肩上。

「眞該死！那女人是怎樣，賀存恩又是怎樣？」謝茬恩氣得發抖。

我只是虛弱一笑。還沒有交往就輕易受到打擊，要是今天我已經是賀存恩的女朋友，卻發生同樣的事，那我該怎麼辦？

也許在告白以前，我該先確認他和孫芫媛之間的關係。

即使孫芫媛是單方面喜歡他，不過從小一起長大，那份情誼總是不同的。

「據說情侶一起搭乘摩天輪時，如果看見遊樂園點燈的瞬間，感情就可以長長久久。所以我還特地查了點燈時間，這時候很有機會可以看見……」謝茬恩說，這份用心使我非常感動。

「那我們一起搭摩天輪，讓友情長長久久。」我搖了搖手，繫在手腕上的幸運繩跟著晃動，羊子青和謝茬恩也笑著伸出手。

「沒錯，管什麼男人呀，我們自己玩也很開心！」我們三個又跳又叫的，一起拍了好幾張照片，然而我的內心仍舊充滿不安與擔憂，不知是因爲媽媽，還是因爲賀存恩。

可惜我們運氣不好，還在排隊時，整個園區就已點燈完畢。當我帶著鬱悶的心情回到家時，已經比預計的時間晚了許多。

家中一片安靜，只有廚房的燈還亮著，我緩步走過去，看見媽媽神情凝重地坐在餐桌邊。

「爸爸呢？」我輕聲問。

「妳該慶幸爸爸不在家。」媽媽目光嚴厲地盯著我，「去哪了？」

「我和朋友出去玩……」

「所以妳對我說謊，對老師說謊，就爲了出去玩？」媽媽用力拍了桌子，「爲什麼不老實說？」

我說過了呀，我說我想和同學出去，可是妳不讓我出去！

我多想這樣喊，然而我知道媽媽會回應些什麼，事實就是我說謊了，是我的錯。

我掐著手心，不曉得該怎麼辦。

「對不起……」我只能擠出這句話。

「我沒有一個會說謊的女兒。現在對妳來說最重要的是什麼?難道是和朋友玩樂嗎?妳的成績下滑，而再過一年就要考大學了，如果不好好準備，明年……」

「阿希說妳要我保持前五名，妳以前念書時成績也沒有前五名，爲什麼要求我考前五名？」我忍不住吼了回去，媽媽一愣，顯然沒料到我會頂嘴。

「巫小佟!妳在說什麼?妳叫賀老師什麼？」

「媽媽，妳根本一點都不了解我，妳只在乎我的成績，從沒問過我想要什麼！」

我掉下眼淚，氣得直接奪門而出。

我做了最幼稚的行爲，在犯錯之後與媽媽起衝突，還逃出家。

但是媽媽也有錯呀，她不問我原因，就直接罵我。

我哭著搭上公車，來到雲朵公園。羊子青說過，當有煩惱卻無人可訴說時，就可以來這個避風港。

況且要是去家裡附近的地方，很容易遇見認識的人。

我擦著眼淚，走到當初賀存恩幫我擦藥的鞦韆旁，手機不斷響著，是媽媽的來電。此刻我怎麼拉得下臉？而且媽媽應該也需要冷靜一下。

不過，我得趕在爸爸回家前回去，否則惹火了爸爸，落得被禁足的下場就完蛋了。

這時候，我才有空仔細看手機，來自阿希的電話與訊息也不少，我卻都還沒有回覆。當我準備點開阿希的訊息時，他剛好再度打來，我下意識接起。

「小佟。」他似乎鬆了一口氣，「妳跑去哪了？」

「我媽打給你了嗎？」我吸了吸鼻子，理所當然地把錯怪在他頭上，「都是你的錯。」

「好，都是我的錯。那妳現在在哪裡呢？」他也理所當然地接受了我的怪罪。

「我不要告訴你，你會跟我媽說，就像今天一樣。」

「妳誤會了，我發誓不會告訴妳媽媽妳在哪裡，所以讓我去找妳吧？」他停頓一下，

「九點多了，這麼晚還在外面，很危險的。」

「才九點多！如果是去補習班，下課時都十點了吧。」我忍不住回，「爲什麼

小孩去補習十點多下課不會太晚，可是出去玩到九點多就算太晚？大人眞是雙重標準。」

「還能頂嘴，表示精神不錯。」沒想到，阿希在電話那頭笑了，「告訴我妳在哪吧？別讓家人擔心，也別讓我擔心。」

「……雲朵公園。你知道嗎？」

「我知道，那我過去找妳。」

「別……」

「放心，我不會告訴妳媽的。」他允諾。

掛斷電話，我坐在鞦韆上，雙手握著兩側的鐵鍊。媽媽沒有再打電話來，看來阿希應該已經告訴她找到我了，希望他能信守承諾，要是等等媽媽出現在這裡，我們大概又會吵起來的。

我環顧周遭，平時雲朵公園裡都會有運動的民眾、打太極拳的老人家，或是帶孩子來散步的家長，我剛才走進來時也看見了幾對情侶，然而這附近卻異常冷清。可能因爲是兒童遊戲區的關係，這個時間並不會有小孩子在此玩耍。

我忽然覺得有點恐怖，連風吹過樹葉的沙沙聲都令人不安。

我起身，打算走到公園外面等阿希，後方卻倏地傳來腳步聲。

不要回頭，假裝沒事就好，有可能是我聽錯了。

我往前走，後頭的人亦步亦趨地跟著。我決定讓他先過去，於是我停下腳步，想不到對方也停下了。

天啊！

下一秒，我立刻拔腿狂奔，結果後面那個人也跟著我跑。

「不、不——」我想喊些什麼，卻叫不出聲音。

就快跑到公園門口了，就快——

後面的人猛地抓住我，將我往後一拉，我亟欲尖叫與掙脫，對方卻發出熟悉的笑聲，「巫小佟，妳跑什麼啊？」

「阿……阿希……」我雙腳一軟，差點跪下，阿希趕緊托著我。

我伸手打他，非常非常地用力，他不明所以，想伸手阻擋，但礙於要扶住我，所以我的拳頭全落到他的肩膀與胸膛上。

「唉唷，幹麼啦？我做了什麼？」阿希把我拉起來，確定我穩穩站好了以後，才微傾身看著我的臉，「妳還好嗎？」

「不好！」我吼著，眼眶中蓄積的淚水此刻才掉了下來，「今天眞是太倒楣了，什麼事情都不順利、什麼事情都沒做好！」

一整天累積的情緒瞬間潰堤，我的眼淚撲簌簌地狂掉。爲了發洩委屈，我繼續推打著阿希，他並沒有閃躲與反抗，只是輕輕將手放到我的肩膀上，像個大哥哥一樣哄著我。

「好，妳乖，不是妳的錯，就算是妳的錯，那也沒有關係，凡事都有轉圜的餘地。」他的聲音很輕很柔，猶如深夜廣播節目的主持人那樣，如此令人安心。

阿希拍著我的肩膀，帶我來到一旁的長椅，然後從他的背包裡拿出運動飲料，幫我扭開了瓶蓋放在一旁，並遞給我好幾張衛生紙。

我便這樣坐在長椅上大哭，一邊不時拿衛生紙擦眼淚，期間有幾個遛狗的人經過，似乎以爲我們是正在吵架的情侶，多看了幾眼。

阿希並不介意，一派輕鬆地坐在我身邊，既沒有滑手機，也沒有再跟我說話，就這麼靜靜地等我哭完。

不知哭了多久，稍稍冷靜些之後，我才感覺到尷尬。

我和阿希見面的次數不到十次，我卻在他面前哭成這樣，還怪罪他又打了他，此刻甚至讓他陪我待在公園。

天啊，我給他添了多少麻煩？浪費他的時間要不要付時薪呀？

我偷偷瞄了他一眼，發現他居然睡著了。

這個狀況太出乎我的意料，於是我下意識打了他一下。

阿希嚇了一跳醒過來，伸了伸懶腰，「哭完了嗎？」

說完，他拿過放在旁邊的運動飲料喝了起來。

等等，那不是要給我喝的嗎？

「啊，妳要喝嗎？」像是透過我的眼神解讀出我的疑惑，他睡眼惺忪地將運動飲料遞給我。

「不要！」他都喝過了，這也太失禮了吧！

「抱歉啦，我太累了，沒想到妳會哭那麼久，所以不小心睡著了。」阿希旋緊瓶蓋。

這到底是關心還是什麼？我才剛覺得阿希像個溫柔的大哥哥，現在他卻嫌我哭太久？

「既然冷靜下來了，那妳可以聽我說話了吧？」他挪動了一下身體，「我可不想被我的學生誤會我是一個愛打小報告的老師，是那種會跑去跟家長確認學生是不是眞的請假的機歪人。」

我聽到什麼？他說了髒話？

見我瞠目結舌，阿希用鼻子冷哼了聲，「大文高中的學生大多很一板一眼，所以我原本也想當個正經的老師，不過既然妳是會爲了出去玩說謊的學生，表示我也不需要表現得太嚴肅吧。」

「我、我不是愛玩的學生……」我微微往另一邊退。

注意到我的退縮，他聳了聳肩，「不用擔心，我又不是壞人，倒不如說這樣很好，我就不用裝得知書達禮，往後相處起來也比較愉快。」

我懷疑地盯著他。

「下次妳如果要蹺課出去玩，請先告知我，我就不會因爲去探病而不小心戳破了妳的謊言。」

「你來探病？」哪有家教老師會去探學生的病？

「我正巧到妳家附近，所以才順便去探望妳，沒想到妳媽卻說妳和我約在外面。我當下就明白是什麼情況，於是立刻告訴妳媽，我們在路上錯過了。」阿希的反應已經相當機靈，無奈的是我媽更精明，「可惜，她看見我手上拿著運動飲料和退熱貼，也瞬間明白發生了什麼事，便直接在我面前撥電話給妳，還要我不用幫妳隱瞞，所以……」

阿希說，他離開後馬上打電話給我，並傳了訊息提醒我，企圖先跟我套好招，然而我都沒接電話，於是後來事情就變成那樣了。

「稍早妳一跑出來，妳媽就聯絡我，所以我就過來找妳嘍。」阿希伸手揉了揉我的頭髮，「放心，父母不管怎樣都會原諒自己的孩子，孩子也永遠不會是最後一次惹父母生氣。回去好好道歉，誰都年輕過，也都闖禍過，沒那麼嚴重的。」

「阿希，我比較喜歡現在這樣的你，比那種優等生的模樣好多了。」我忍不住說。

「那可以告訴我妳今天去幹麼了嗎？竟然不惜說謊也要出去玩，是約會嗎？」阿希賊笑。

「不是約會，我們是很多朋友一起去遊樂園玩。」賀存恩和孫芫媛的事又浮上心頭，我難掩低落的情緒，把所有事情一股腦兒地說了出來。

包括我原以為自己和賀存恩應該是互相喜歡，他卻選擇站在孫芫媛那邊，以及和好朋友一起搭乘摩天輪，卻無法對她們訴說自己的憂慮，結果回家後因爲一切的不順遂而把氣出在媽媽身上，甚至還把錯怪到阿希頭上。

「沒想到這麼精采，爲什麼我的高中時代只有念書呢？」阿希聽完，居然是這種感想。

他再次揉了我的頭，把我的頭髮弄亂了，我沒好氣地拍開他的手，換來阿希的笑聲。

「別太過煩惱，他喜歡妳不是嗎？那無論那個青梅竹馬做了什麼，最後他都會選擇妳的，漫畫裡的劇情不也大多是這樣？女主角就是開外掛呀。」

「哪有這麼容易？我是我的人生裡的女主角，可是那個青梅竹馬也是她自己人生中的女主角呀。或許，我喜歡的那位男同學，最後會因爲和青梅竹馬之間的羈絆，而選擇了她……」這麼說出口後，我更加感受到現實的殘酷，不由得嘆了口氣。

「我倒覺得，比起擔心這些，妳應該先回家跟妳媽好好道歉，保證不會再說謊，並且乾脆老實告訴她，妳今天爲什麼不惜說謊也要出去。除非妳媽是個不講理的人，妳再考慮撒謊，不然說實話總是對的。」

「哪有老師叫人撒謊的。」我失笑。

「我也不是眞正的老師。」他聳肩，「另外，明天面對那個男同學時，聰明一點的做法是隱約讓他知道妳在意他的青梅竹馬，笨一點的做法則是直接說喜歡他，然後表示妳很在意他的青梅竹馬。反正不管怎樣，結果都是相同的。」

「結果是什麼？」

「如果你們互相喜歡，結果當然就是在一起啦。」阿希歪頭，「但基本上，假如他喜歡妳，卻還是選擇站在青梅竹馬那邊，那麼往後青梅竹馬也會是你們之間的一道牆，所以最好還是等解決了青梅竹馬的問題，再來考慮在一起。」

他說的話我似懂非懂，只能點點頭。他又再次摸我的頭，我隨即避開並站了起來。

「你怎麼來的？」

「騎機車呀，就停在後門那裡。」他指了指後方，難怪他剛才會從另一個方向出現。

「嗯，謝謝你過來找我，還聽我發牢騷。」我朝他微微行禮，「回去的路上小心。」

「妳要幹麼？」他好笑地看著我。

「去搭公車啊。」

「有事嗎？我都來這了，當然要送妳回家。」阿希站起身，往機車停放的地點走。

「會不會太麻煩你了？」我待在原地沒動。

「我再說一次，小姐，妳有事嗎？」阿希聳肩，「況且妳造成的麻煩也不差這一個。」

「怎麼可以這樣說。」我忍不住一笑，跟了上去。

樹葉被風吹過的沙沙聲響不再令我恐懼，微風帶來了阿希身上的氣味，月光拉長了阿希的影子，我走在這個比我大了兩歲的男生後面，打量著他的背影。

兩歲的差距並不大，可是他卻和班上那些臭男生很不一樣，好像特別可靠。如果我有哥哥的話，大概就是這種感覺吧。

一路跟著他穿過公園抵達後門，這裡算是公園中的死角，平常鮮少有人會過來。阿希的白色機車停在後門邊，我走了過去。

「一般都會從大門口進來吧，爲什麼你把機車停在這麼偏僻的地方？」即使是男生，晚上一個人走這條路應該也會不安的。

「因爲從後門進來的話，一路上特別清淨，我很喜歡。」他從機車的置物箱中拿出紅色安全帽，「妳不覺得人類害怕自然是一件很奇怪的事嗎？」

「害怕自然？」我戴上安全帽，然而怎樣都扣不上扣帶。

他笑了一下，從我手中抽過安全帽的扣帶，不經意的指尖碰觸讓我泛起雞皮疙瘩。他的臉微微靠向我，側頭爲我扣上了安全帽。

「在雲朵公園裡，我最喜歡的就是這片勉強稱得上是樹林的地方了，不僅空氣清新，而且月光透過樹葉縫隙灑落在泥土地上的畫面，不是很漂亮嗎？」阿希指著我們剛才走過的路，「而這個地方明明這麼漂亮，人們卻都說這一帶太偏僻，容易發生危險。雖然人越少，越能維持自然美景，不過每次看見人類畏懼大自然的樣子，我就感到很奇怪。」

阿希跨上機車，看了我一眼，示意我也上去。我很少坐別人的機車，只坐過爸爸還有表哥的，這還是我第一次要坐在與我毫無血緣關係的男生背後。

我有些慌張，一時連該怎麼跨上後座都不知所措。

「怎麼了？」阿希又看過來，馬上意會到我的窘境，笑了聲，「一手搭在我的肩膀上，然後跨上來就可以啦。」

見我遲遲沒有動作，他乾脆直接拉起我的手放在他肩上，我猶豫了一下，才抬腳跨過座椅。

「妳是真的那麼清純，還是假裝的？」阿希發動機車，這番話令我皺起眉。或許他也發現了不對，於是咳了咳，把話說得更清楚，「又不是隨便亂摸，只是為了上機車而已，嚴格說起來，扶著我還是為了安全。我只是想表達，與其小心翼翼的，還不如落落大方，這樣反而不會尷尬。」

「難道成為大學生後，男女之間的界線就變得模糊了嗎？」我抓住機車後方的扶手，盡量不讓自己的身體碰觸到他的背，導致我必須大聲說話，阿希才聽得見。

「應該是說，比較不會那麼扭扭捏捏。雖然從高中升上大學只不過多了一歲，但大家好像就忽然大躍進了一樣，不再玩猜心那一套，對誰有好感多半會直接表明。」

阿希說的情況讓人覺得彷彿是另一個世界。不過對高中生來說，大學的確就是另一個世界。

我們這麼努力地念書，不正是爲了要去那個世界嗎？

「所以，如果你是我，你會怎麼做？」

機車在紅綠燈前暫停，他側過頭，將安全帽的面罩往上推，瞇起眼睛笑著問：

「想聽眞話？」

「嗯。」

「不管對方喜歡誰，不管對方有沒有交往對象，只要我喜歡，就會想辦法搶過來。」

阿希的話宛如一道驚雷，讓我好半晌說不出話。他似乎很滿意我的反應，將面罩重新拉下來，說了聲「抓緊」，我的身體往後一仰，機車再次往前駛去。

「我在大學認識的女生呀，爲了安全，坐別人的機車時通常都會抓住男生腰間的衣服。要說是想吃豆腐也好、搞曖昧也罷，不覺得這樣好多了嗎？在那邊矜持也很累，不如直接一點。」

「可是，如果被說不檢點呢？」我追問。

「那是什麼？可以吃嗎？」阿希笑了。

我的腦中一片混亂。

一路到了我家巷口，阿希將機車停在路邊熄火，順手幫我把安全帽解開，「從這邊開始用走的回去吧，夜深了，機車的聲音會吵到大家。」

「你剛才明明還說了不管對方是否有交往對象，只要喜歡就會去搶這種沒良心的話，卻會擔心吵到鄰居？」

「情況不一樣呀。」阿希輕笑，「人生只有一次，妳不去追求自己想要的，誰能幫妳？要是臨終那天，妳躺在病床上感到後悔，那又能怪誰？」

我被阿希過於荒唐的言論弄得腦筋轉不過來，「你好像外星人，說著外星話。」

「人類才是外星人吧。妳仔細想想，與其他物種相比，人類顯得太過聰明了。而且，身為哺乳類，現代人類居然沒有可以禦寒的毛髮，必須依靠衣物來保暖，這不是很不對勁嗎？另外，大多數的動物都是用四隻腳走路，卻只有人類是用兩隻腳。」

說著這些怪異的發言，阿希的雙眼閃閃發光，好像小孩子一樣。我看著如此異想天開的他，不自覺笑了出來，心情輕鬆不少。

「阿希，你好奇怪。」

「知道笑就好。但我可不是故意逗妳笑，我很認真的。」忽然間，他又變得好溫柔，彎下腰摸了摸我的頭，「事情沒那麼嚴重，只要老老實實地道歉，一切就會沒事的。」

我咬著下唇，點了點頭。

阿希的大手離開我的頭頂，那份溫熱的觸感頓時離去。他按下電鈴，沒多久，媽媽的聲音從對講機傳出。

「我送小佟回來了。」他朝對講機說，一邊對我擺擺手，要我快點上樓。

一樓的鐵門打開，我再次向阿希微微行禮，在關上門前，聽見阿希向媽媽說：

「別太苛責她了。」

我戰戰兢兢地打開家門，屋裡燈火通明，而爸爸的鞋子放在玄關，他已經回來了。緊張與愧疚感再次湧現，我微微顫抖著走到客廳，爸爸坐在那裡，一臉凝重，媽媽也是。

這次不能再亂發脾氣，也不能再一言不和就衝出去了。我想著阿希的提醒。

「對不起，是我的錯，我不該沒有報備就跑去玩，我不該說謊，我也不該那樣跟媽媽說話。」我一口氣將這番話說出來，感覺舒服多了。

掐著自己的手心，我看著爸媽，覺得等待回應的時間無比漫長。

「再責罵妳也於事無補，但妳保證不再會有這樣的事情了？」媽媽總算開口，她的聲音十分嚴厲，神情間卻帶著疲累。

「我保證，再也不會了。」正當我在內心鬆了一口氣時，爸爸挪動了下身子。

「是和男朋友去約會嗎？」

我立刻用力搖頭，「不是，我們是很多人一起出去玩。」

「我並不是反對妳交男朋友，但我希望妳凡事都能照實說，不要欺騙。」爸爸雙手放在膝蓋上，「以後妳會發現，年輕時多遇到點阻礙，對妳而言才是好的。」

我聽不懂爸爸的意思，事實上也不想懂。大人總是喜歡說「以後就會知道了」這種話，問題是，我活在「現在」，要怎麼知道「以後」？

不過，眼下最好的應對方式是點點頭，乖乖聽話。

「唉，妳要向老師好好道謝和道歉，知道嗎？」最後，媽媽叮嚀我。

回到房間，我開啟手機螢幕，瞧見了阿希的訊息，以及賀存恩的。

「沒事吧？」

他們兩個不約而同地傳來一樣的三個字。

阿希的「沒事吧？」很好回答，我告訴他沒事了，也謝謝他，並且和他約好補課時間。

然而賀存恩的「沒事吧？」該怎麼回答？他爲什麼要這樣問我？

他問我有沒有事，表示他也明白，他選擇和孫芫媛一起回家，會讓我心情不好。

「有事。很有事！」

所以我這樣回覆。見他已讀，我馬上關閉手機螢幕，快步跑去洗澡，一直到上床睡覺，都沒有再看手機。

第六章

從一大早到現在，賀存恩大概偷瞄我二十次了。

對於他那欲言又止的模樣，我既生氣又覺得好笑，不過我始終板著一張臉，沒有太多的表情變化。

其實今早一看見他，我的氣就全消了。畢竟我又不是他的女朋友，有什麼資格生氣？

可是不知怎地，大概是錯過了說話的時機，導致如今都已經第四堂課了，我們兩個還沒說上半句話。

「妳在鬧什麼脾氣啦？」

謝荏恩一早就不停地傳訊息給我，然而她越是要我主動和賀存恩講話，我就越是抓不到時機。

午休鐘聲一響，我的眼角餘光瞥見賀存恩似乎轉向了我這邊，於是下意識地趕緊側身朝另一邊站起來，往謝荏恩那裡跑去，「我們去買便當！」

「妳眞的是……」沒等她說完，我便拉著她往外跑。

來到人滿爲患的合作社，我沒有進去的打算，而是在門口鬆開了謝荏恩的手。

「妳不是有帶便當嗎？」謝荏恩雙手環胸，開口質問，「幹麼要逃避？」

「我沒有逃避，只是還沒準備好。」我以爲昨天阿希的話已經讓我豁然開朗，沒想到眞的面對賀存恩時，仍是陷入了躊躇。

「我看賀存恩都打算要跟妳說話了，明明就是個好機會，不要就這樣莫名其妙讓這段還沒開花的戀情結束了呀。」謝荏恩點了下我的額頭，目光隨即飄向我的後方，「古牧然！」

我跟著她的視線轉過頭，看見古牧然從合作社走出來，手裡拿著麵包和飲料。

「唷。」他對我們頷首，打了招呼就要離開，謝荏恩趕緊跑過去，擋住他的去路。

「我有事要問你。」

「存恩的事情嗎？早上羊子青已經問過我了。」

「子青還沒跟我們說，反正現在都遇到你了，你不如順便說吧。」謝荏恩不放過他。

古牧然顯然因爲還要再說一次而感到麻煩，不過說曹操，曹操到，羊子青和她班上的同學正巧從另一邊走來，看見我們立刻招手。

「這該不會是大家要一起吃午餐的節奏吧？」古牧然垮下臉。

「不用一起吃午餐，我們等等會回教室吃。你趕快告訴我們昨天的後續。」謝荏恩比我還要心急。

「古牧然跟我說，後來他們就直接回家，但出了捷運站後，賀存恩說他還有其他事情，所以自己先走了。」羊子青請她的同學去幫忙買便當，自己則留下來和我們聊。

「孫芫媛沒纏著賀存恩？」謝荏恩問。

「那不重要，反正她的目的已經達到了。」古牧然意有所指地瞥了我一眼。

「賀存恩是去哪？」羊子青也問。

「我不知道。總之我就和芫媛回家了。」古牧然拆開麵包逕自吃了起來，「芫媛把存恩當成自己的所有物，存恩又很順著她，以前存恩交女朋友時，芫媛也是百般阻撓。不過存恩沒女朋友的時候，芫媛並不會黏著他，這樣妳們懂嗎？」

「懂，就是個婊子。」羊子青神情不屑，語出驚人。

「不，她是想當存恩最重要的人，而不是女朋友。」古牧然皺眉看著羊子青，然後將目光轉向我，「根據過往的經驗，排斥芫媛只會造成反效果。」

「誰有辦法接受她啦！」謝荏恩嚷嚷，咒罵起孫芫媛。

「我明白了。」我開口，羊子青和謝荏恩頓時瞪大眼睛。

「妳知道自己在說什麼嗎？」

「不要勉強。」

「我沒有勉強，妳們也聽到古牧然說的了，孫芫媛不是想當賀存恩的女朋友，而是想當他最重要的人。對一般人來說，最重要的人通常都會是家人，所以孫芫媛是賀存恩的家人。」我握著拳頭，想起阿希說的話。喜歡的話，就搶過來。

「妳還眞樂觀，哪有人會這麼想？」羊子青無奈地聳肩，這時她的同學拎著便當從合作社出來，「我先回去了，不然會沒時間吃便當。」

「我也要走了。」古牧然又看了我一眼，「或許妳可以不一樣。」

「什麼啊，爲什麼常常都是女生要接受男生有青梅竹馬，而不是男生要接受女生有青梅竹馬？」謝荏恩非常不能苟同，語重心長地對我說：「乾脆放棄賀存恩吧，否則就算在一起了，你們以後一定也會爲了孫芫媛常常吵架。」

「說不定吧。」我扯了扯嘴角，「但連試都沒試的話，怎麼會知道行不行呢？」

謝荏恩睜圓眼睛，「哇，沒想到妳會這麼說，果然眞愛無敵嗎？」

「妳眞是……」

「我知道，身爲好朋友不該囉里囉嗦的，只要說加油就好，對吧？」謝荏恩把手搭在我的肩上，「加油，想哭的話，我隨時都在。」

後面那句話其實挺觸霉頭的，不過也令我相當感動。

回到教室，只剩下十五分鐘可以吃午餐，我和謝荏恩趕緊拿了仍放在蒸飯箱中的便當，返回座位狼吞虎嚥地吃完，還來不及洗便當盒就聽見鐘聲，我們只好快步跑到外頭的洗手臺，簡單沖洗後，又急忙回座位。

就在我趴下時，賀存恩丟了張紙條過來。

我嚇了一跳，而他馬上起身走向外面，班上大多數的人都已經趴在桌上休息了，沒人注意到他離開教室。我打開紙條，上頭只寫了兩個字——

出來。

心跳瞬間急跳不已，我無法逃避，也不想逃避，於是小心翼翼地起身，左右張望，確定不會被發現後，我才躡手躡腳地出去。

一踏出教室，就看見賀存恩靠在牆邊，側頭看著我，頓時我不自覺握起拳頭，強迫自己不要別開眼。

他指了指樓上，隨即往樓梯間的方向走，我跟了上去，暗自祈禱不要遇見巡邏的糾察或是教官。

我們來到專科教室外的走廊底端，這裡跟我們那層樓一樣有個小陽臺。因爲是午休時間，旁邊的教室無人使用，所以說話不會被聽見。

「妳昨天那則訊息是怎麼樣？」他開門見山地問。雖然才過了半天，我卻覺得似乎很久沒聽見他的聲音。

「沒怎樣。」我先是這麼回，可是見他眉頭緊皺，我又想起阿希說的話。

不是都告訴自己不要逃避了嗎？我爲什麼還不說出眞心話，爲什麼還要讓賀存恩露出這樣的表情？

「不，我說謊了。我很在意孫芫媛，在意得不得了。」我決定豁出去，不再掩飾，「但孫芫媛是你的青梅竹馬，我能怎麼辦？為此生氣一點意義也沒有。」

「所以妳很生氣？」賀存恩問。

「這不是廢話嗎？我都氣成這樣了！我最生氣的是，你不跟我一起去搭摩天輪，而是選擇陪她回家。說到底，我們一開始就沒有約她。」

「她說她六點前要到家啊。」

賀存恩無辜地解釋，讓我更生氣了。孫芫媛六點前要到家，所以就得順著她？那我呢？我欺騙媽媽、欺騙阿希，回家後還被罵，這些他又知道嗎？

不，他當然不知道，因為我沒說。

他又不是我肚子裡的蛔蟲，我沒說，他怎麼會知道？他順著孫芫媛，是由於孫芫媛說了要回家，我卻沒表明我想和他一起搭摩天輪。

「如果我昨天說，我想和你一起搭摩天輪，那你會陪我搭完才走嗎？」

「會。」

他沒有猶豫，堅定地回答。

這就夠了。

「那，沒事了。」我笑了。

「沒事了？」他大概覺得我變臉跟翻書一樣快，一副狀況外的樣子。

「嗯，沒事了。」

我肯定地說，賀存恩只能傻傻笑著。他拿出手機，不知道在按些什麼，下一刻，我的手機震動了下。

「你傳什麼東西給我？」

「妳點開看看。」他的笑容帶著一絲期盼，我發現他握緊了拳頭。

我點開他傳來的網址，是花東地區一間民宿的介紹，民宿的外觀有著湛藍的屋頂、純白的牆壁，看起來有如希臘建築。而民宿位於海邊，所以在民宿內也能欣賞海景，住在那裡就宛如置身於愛琴海旁。

「這是……」

「很漂亮對吧？」賀存恩靠到我身邊，與我擠在小小的手機螢幕前。

「是很漂亮。」由於太過接近，他的氣息就在我頰邊。

「要是有機會，眞想去住看看。」

「你可以和家人一起去呀。」

「我希望哪天能和女朋友一起去。」賀存恩的聲音微顫，他抬眼看我，又很快移開目光，「我們、我們有一天，可以一起去。」

「喔……」我頓時一愣。我聽到了什麼？

我注視著他，懷疑自己是不是聽錯了，而他的臉逐漸漲紅。

「你說什麼？」我的語氣比自己想像中的還要冷靜。

「我……」

「你們兩個在這邊幹什麼?」教官的聲音猛然響起，我們兩個都嚇了一大跳，幾乎跳了起來。

「教官好。」心虛的我們異口同聲地喊。

「午休時間爲什麼待在這邊?」教官氣勢洶洶走來，視線在我和賀存恩身上來回打量，顯然不容許我們隨便蒙混過去。

「我們吵架了，是來談和的。」不知道賀存恩是老實，還是嚇得忘記找藉口，居然就這麼說了實話。

「談和?還是談戀愛?要不要到教官室來?」

「不要啦，教官，對不起，我們馬上就回教室。」賀存恩趕緊說。

「下不爲例。二年三班賀存恩，還有妳呢?」

「二年三班，巫小佟。」眞是的，我一點都不想被教官或老師記住名字，畢竟會被記得的，如果不是特別優秀的學生，就是特別調皮或令人頭痛的學生。

「快回教室，只要再讓我看見你們隨處遊蕩，就請家長來學校!」

千萬不要，我可不能再惹爸媽生氣了。

我用最快的速度跑回教室，反正已經錯失了確認賀存恩心意的時機，現在也不好再問。

教室裡，同學們依舊趴在桌上休息，而我們一前一後地回到座位，輕手輕腳地、不發出任何聲音地趴下，假裝沒有離開過。

「他居然說了那樣的話？哈哈哈哈哈！」阿希聽完我和賀存恩之間的事情後，哈哈大笑。

「有什麼好笑的啦！」我推了下桌面上的自修本，「是你問我，我才講的耶。」

「我好奇啊，沒想到他居然會那麼說，青春啊青春。」阿希雙手環胸，閉起眼睛搖著頭。

「你才十九歲，也還很青春好嗎？」

「這不一樣，國高中生勉強還算是同一個族群，可是高中生和大學生就完全不一樣了。」他指指自己身上的便服，「光是大學生不用穿制服就差很多了，更別說還可以自己選擇要不要去上課。當然，蹺課會有被當掉的風險，但比起以前都被綁在學校和補習班裡，大學生活簡直好一百萬倍。」

「說得我更想要念大學了。」我雙手托腮。

「那就好好讀書吧，妳目前正是在為了上大學而努力。」阿希又伸手摸了我的頭。

「阿希，你這種舉動是習慣，或是有其他原因？」我指指他擱在我頭頂的大掌。

「啊，我又犯了。」他拍了下自己的額頭，卻沒收回手，甚至又多揉了幾下。

「幹什麼啦。」我自己甩開他。

「我有一個小我幾歲的青梅竹馬，就跟妹妹一樣，她每次哭我都這樣哄，於是就變成習慣了。班上的女生提醒過我好幾次，我還是改不掉。」

「又是青梅竹馬，難道全世界的人都有青梅竹馬，只有我沒有嗎？」我長嘆一口氣，整個人趴到桌上。

「只是剛好啦，哈哈哈。」

「壞習慣。」我嘟囔，看向趴在一旁睡懶覺的波波，「你可以摸波波呀。」

「哎呀，我的小波波。」他用噁心的聲調說，走到波波旁邊，將睡得香甜的牠抱起，放在自己的腿上撫摸著，「我也能一手摸波波，一手摸妳的頭。」

我嫌棄地「噁」了一聲，阿希笑得更開心了。他推了推我的肩膀，要我讓開桌面，然後放上一張試卷，「這是我出的練習卷，妳寫寫看，後天交給我。」

我再次嘆氣，覺得自己非常非常不幸。

課程結束後，我照例送阿希到門口，媽媽跟在後頭向他道謝，還問了「小佟這次考試會不會進步很多」這種讓我倍感壓力的話。

「當然，除了有我指導以外，小佟的資質也很好。」阿希還挺會說話的。

家裡的電話響起，媽媽匆匆向阿希道別後，回身去接電話，而我朝阿希眨眨眼，豎起大拇指。

他又犯了壞毛病，伸手揉揉我的頭。

「我可不是你的青梅竹馬。」我不滿地說，「而且你這樣很容易被誤會吧。」

「誤會？」

「就是太溫柔，讓女生誤會你喜歡她之類的。即使高中和大學是不一樣的世界，即使女生上了大學後或許會比較放得開，但我想內心想法還是不會有太大差別的。有些女生可能是因爲以前不夠坦率而受傷過，後來談戀愛時才會變得比較直接。人是會成長的，跟是高中生還是大學生不見得有關係。」

「妳這麼說也沒錯，剛好我最近的確……啊，我跟妳這個小朋友講幹麼？妳好好念書，別忘了要寫練習卷喔。」結果，他還是沒放棄揉我的頭。

「我才不是小朋友，你這個老人。」我推開他的手，不忘吐吐舌頭。

阿希笑著對我說再見，「祝福妳下次和我見面時，已經有男朋友了。」

下次見面是後天，哪可能這麼快就交往？錯過了那天的時機，我和賀存恩雖然不再冷戰，可是誰也沒提那天的事情。

回到房間，我再度點開賀存恩傳給我的民宿介紹連結，照片上那藍色屋頂彷彿與蔚藍的天空融爲一體，白色牆壁則有如潔白的雲朵。

我搜尋了附近的景點，發現一座被列爲三級古蹟的寺院，叫做吉安慶修院，看起來很美。我不禁想像著未來的某一天，等我和賀存恩都長大後，可以前往那間民宿，並造訪這座寺廟，或是去更多其他地方，一同遊山玩水。

想到這裡，我不禁用枕頭摀住自己的臉，雀躍地小聲尖叫，在床上來回打滾。

這天晚上，我做了一個夢。我真的來到了那間民宿前，奇異的是，我能意識到這是場夢，因此我急著想知道未來的我變成了什麼模樣，衝進了民宿打算找鏡子。

可是打開民宿大門後，眼前卻是一片海洋，我回過頭，民宿的建築已經消失，我站在白色沙灘上，海浪不斷拍打著岸邊。

沙灘上除了我的腳印，還有另一個人的腳印。

是賀存恩，一定是他，我夢見的想必是不遠的未來。

我循著腳印奔跑，果然有個人站在不遠處，他背對著我，身形高䠷挺拔。

「賀存恩。」我輕聲呼喚，對方並沒有反應。

他手插口袋，望著前方海面。

「賀存恩。」我又喚了一次，「我喜歡你。」

在現實中說不出口的話，在夢境裡卻如此輕鬆地說出來了。

他終於轉過頭，面露驚喜，意外的是，他的外貌並不是長大後的樣子，而是和現在完全相同。

「不要在夢裡說啊。」他開口，忽然伸手抱住我，下一秒，我整個人被他舉了起來。

「告訴現實裡的我啊！」賀存恩笑著，就這樣抱著我原地轉圈，我看見自己的綠色百褶裙襬隨風飄揚。原來我也不是長大後的樣子，我們都還停留在現在，停留在高中時期。

醒來後，我覺得這個夢境也許是在提醒我要活在當下，執著於賀存恩那句「我們以後一起去」是沒有意義的，如果現在不變成更進一步的關係，還奢望什麼未來？

所以我決定了，今天就要告白。

下定了決心，趁著勇氣十足的狀態，我迅速拿起手機傳訊息給阿希。

「我今天就要告白了，祝福我！」

接著，為了不讓自己臨陣退縮，我又點開與賀存恩的聊天視窗。

「我今天有話跟你說。」

做完這兩件事，我下了床，站在床邊深呼吸了幾次，接著拍拍臉頰，才去洗手間梳洗。換好制服回來，我看見手機螢幕亮起了光。

我立刻飛撲到床上拿過手機，只見阿希傳來毫無幹勁的打哈欠貼圖，並回了個「加油」。

眞是冷淡。

而賀存恩依然未讀。

難道他還沒起床？或者他看到了訊息通知，卻不想點開？

我的情緒瞬間跌至谷底，直到第一堂課聽老師提起賀存恩今天請假的事，才恍然大悟。

「依照漫畫裡的劇情套路，這時候女主角不是都該去探病嗎？」謝茬恩又在一旁出餿主意了。

「但是現實中，生病了需要好好休息，朋友去探望反而會讓他無法放鬆吧。」

「妳又不是朋友。」她在我耳邊小聲地說，「妳是未來的女、朋、友。」

「不要鬧了。」我推開她的臉。

「我沒有鬧，我是認眞的。他如果喜歡妳，看見妳去探病一定會非常高興。」

「可是，就我們兩個去不是很奇怪嗎？」

謝茬恩一臉茫然，「什麼？我沒打算去啊，我是叫妳自己去。」

「我一個人去？」

「對呀，妳要朋友陪到什麼時候？難道以後你們交往，我晚上還要幫你們蓋被子嗎？」謝茬恩說這種亂七八糟的話總是特別在行。

「妳又亂講什麼。」我紅起臉，咳了一聲。

不過她說的也對，或許這是另一個好的告白時機。

由於不想麻煩古牧然，我只好去找老師詢問賀存恩家的地址，老師打量了我好一會，露出曖昧的笑容，「所以說，一開始常吵架的兩個人，是不是後來感情都會變得很好？」

沒想到老師還記得自己開學時說過的話，雖然有點不甘心，然而我無法否認。

「好啦，那老師你就給我地址去探病吧。」

放學後，我提著運動飲料和布丁來到賀存恩的家。一樓的鐵門沒關，但我想還是先按電鈴比較有禮貌，可電鈴前方停了一臺白色機車。我暗暗在心中抱怨是誰這麼沒水準，伸長了手勉強按下電鈴，身體因爲被機車擋住而呈現怪異的姿勢，一隻手扶在對講機旁的牆邊。

因爲太過緊張，對方才剛拿起話筒，我就急著說：「那個，我是賀存恩的同學，幫忙送課堂的講義過來。」其實根本沒有什麼講義，只是漫畫裡的劇情總是如此，所以我也有樣學樣地說。

「聽這個聲音是……巫小伶？」

我的笑容僵在嘴邊，也叫出那個沒想到會這麼快又提及的名字，「孫芃媛？」

「存恩生病了。」她甜膩的嗓音中帶著勝利般的得意，「不方便見客喔。」

那妳呢？妳又爲什麼在他家？

啊，因爲她是「青梅竹馬」嘛，當然可以在他家。

「是什麼講義？有這麼重要嗎？」她拐著彎趕我走。

對講機是她接聽的，表示賀存恩家中可能沒有其他家人在，或者孫芃媛和他們家的關係好到即便有其他人在，她也可以隨意接起對講機。

我不能退縮，都已經到這裡了。

「有一份關於小考的講義，明天會用到。」我說。

「我看存恩明天應該也沒辦法去學校……不然妳先放在信箱吧。」

「我有買慰問品，運動飲料和……」

「存恩的哥哥剛剛也去買了，妳自己留著喝吧。」孫芫媛停頓了一下，「存恩醒了，先這樣。」

「啪」的一聲，她掛上了對講機。

我不知道她曉不曉得一樓大門沒關，其實我可以直接上樓。

但這是沒禮貌的行爲，我不會做。

況且，如果我上去了，看見不該看見的畫面呢？看見某些足以讓我誤會，或是讓我更加心痛的場景呢？

我應該不理會孫芫媛的挑釁，優雅地轉身，賀存恩需要休息，我不能打擾到他。

因此我離開了，忍著在眼眶中不停打轉的淚水。即使沒人看見，我也不能哭。

「結果如何？」

當我躺在床上準備睡覺時，收到了阿希的訊息。

我有點後悔告訴他要去告白，現在我並不想跟他說自己連人都沒見到，所以我沒有點開他的訊息。

隔天，賀存恩依舊請假，謝荏恩要我再去探病一次，可是我不想。

而這天還眞的臨時有一場小考，多虧阿希這段時間以來的指導，我考了九十分，媽媽非常高興。

我藉著這個機會詢問媽媽，要是期末考成績進步的話，能不能停止上家教課，而媽媽說可以考慮看看。

雖然對阿希有點不好意思，不過我放學回家後寧願發呆，也不想再念書。

轉眼間又到了上家教課的日子，阿希一來便雙手環胸，瞇著眼睛看我。

「怎麼了？我作業寫完了，應該沒有錯很多吧？」壓在阿希手掌下的那份試卷明明紅字不多。

「妳是不是應該感謝我呢？」阿希沒頭沒腦地問，「妳媽告訴我了，小考九十分對吧？」

「喔，對，我忘了說。」我從書包裡抽出考卷，驕傲無比。

「那妳是不是要感謝我？」

「感謝？你是家教耶，讓我的成績進步是應該的吧。」我有點傻眼。

「那補償我總可以了吧？」他又說。

「阿希，我聽不懂，你什麼時候變得這麼拐彎抹角了？」

「唉，我眞沒想到，居然必須跟妳這個小鬼頭商量這種事。」

雖然仍不明白他的意思，但阿希的模樣實在太欠打，所以我不客氣地打了他。

「快點說清楚啦！」

「別說我不關心妳，先讓我問問，妳和同學告白的事，最後怎樣了？」

我心一驚，想起之前並沒有回覆他的訊息，「少來了，你要講什麼就直接講。」

「我的確也關心妳的事啊，妳已讀不回耶。」阿希哼了聲，裝模作樣。

「我沒告白啦。」

「爲什麼？」

「就……算了啦，不重要，時機不對而已。快點，你到底要說什麼？」

「妳之前不是提過，我不該常常摸女生的頭嗎？」他苦著臉，「其實我有盡量注意，但習慣是很難改變的，所以我對女生通常還是很溫柔。現在問題來了，我在學校有個關係不錯的女性朋友，一直以來我們都像哥兒們一樣，結果沒想到……」

「她喜歡你？」我接話，不意外地看見阿希點了頭。

「我從來沒想過她會喜歡上我，甚至還直接向我告白。」

「那你拒絕她不就好了？」

「是啊，我當然拒絕了。」

「很嚴肅地？」

「很嚴肅地。」

「很直接地？」

「很直接地喔。」

「那還有什麼問題嗎？」

阿希抓了抓後腦勺，「這就是問題啊。」

「你對她說，你無法接受她，然後她問你有沒有喜歡的人，你說沒有，所以她就表示目前她跟你走得最近，假如有一天你喜歡上了誰，那一定會是喜歡上她？因此，她要你考慮看看，甚至不如試著和她約會？」我說出我的猜測，阿希張大嘴巴，一臉不敢置信。

「天啊，妳是她的戀愛軍師嗎？完全說中了！」阿希雙手放在兩頰邊，擺出類似經典名畫《吶喊》的動作。

「我就說女生的思考模式都很相像嘛。」我得意地抬起下巴，「那你要跟她約會嘍？」

「拒絕人就是必須快狠準，所以我當然再次拒絕了，如果因此當不成朋友我也認了。可是因為之前我請她幫過忙，所以她趁機提出要我跟她一起去遊樂園玩，作為報答。」阿希抱頭，「人情債最難還，可惡的是，這筆債還不是為了我自己欠下的，而是為了我弟啊！」

「那就去玩呀，當作是和朋友出遊，最後再認真地拒絕她一次，也算是留給她一個回憶吧。」

「妳傻啦？如果妳和喜歡的男生單獨出去玩，一整天都很快樂很美好，結果在最後他卻又拒絕了妳一次，妳真的能發自內心地認為『至少他給了我一個美好回憶』嗎？還是會想質問他『今天我們相處的感覺不錯，為什麼你還是不願意考慮我』？」

阿希反問。

「嗯……這……」我不是和賀存恩單獨去遊樂園，而且又有孫芫媛攪局，在這樣的情況下，我都還能因爲賀存恩的一個笑容就釋懷，更何況是單獨約會。如果過程十分愉快，那的確很容易擅自往好的方向解讀，拒絕接受對方不喜歡自己的事實。

「妳看。」阿希兩手一攤，「更糟糕的是，我已經答應了，才想到這種狀況。」

「愛莫能助。」我只能如此回答。

「不，妳能助。」阿希賊笑，雙眼放光地看著我，我立刻猜到他想做什麼，用力搖頭。

「不不不，我才不當什麼擋箭牌。」

「不是擋箭牌，是煙霧彈。」

「這不是差不多嗎！」

阿希雙手合十，「拜託啦，煙霧彈妹妹。」

「不要。」

「這是補償啊！」

「什麼補償……啊，你剛剛說的補償就是這個？」我恍然大悟，「可是，我要補償你什麼？」

「之前欺騙我的事呀。」這下子換阿希抬起下巴，像個孩子般得意。

「你居然這樣對我……這不是向你告白的那個女生所用的招數嗎！人情債！」我

簡直不敢相信，但不得不說這招很有效，畢竟除了欺騙他以外，我還讓阿希去雲朵公園找我，並送我回家，實在難以推託。

「所以我說了，人情債最難還。」彷彿看穿了我的想法，阿希笑得開心。

「好吧，但我要先聲明，我可是有喜歡的人，你不能跟你同學說我是你的女朋友。」我提醒。

「我當然不會用那麼爛的招數，我會營造出一種『我很喜歡妳，雖然沒明說，可是一看就知道』的氛圍。」

「那種氛圍是要怎麼營造啊？」我有點無語。

「總之，見面的時候妳就照平常那樣，而且也可以說實話，例如坦白妳是我的家教學生……就不用說本名了，隨便講個名字吧。然後……」

「等等。」我打斷他，「你的意思是，我要跟你們一起去遊樂園？」

「不，也帶妳去就太爛了。」

阿希斷然否認，我頓時鬆了一口氣，還好他沒有這麼沒常識。

「不過還是要拜託妳去一趟遊樂園，我們裝作在那巧遇，最後由我送妳回家。」

「自己一個人去遊樂園？我不要。」

「那妳找朋友一起去，妳們的費用我出。」阿希還真是大手筆，不過——

「我帶朋友去，然後你再送我回家，這也太詭異了吧。這樣我朋友不就會看到你了？」

「可是妳自己一個人去遊樂園也很奇怪呀。」阿希兩手一攤。

「那就想別的方法。」我拿起一旁的自修，勸他打退堂鼓。

「妳先跟妳朋友說明一下，就說是幫我的忙。」阿希不死心，「我也會在期末考成績出爐後，替妳向妳媽多講兩句好話，讓妳可以不用再上家教課，如何？」

「你說要幫我們出錢，但你有這麼多錢？遊樂園的門票不便宜。」老實說，我有點心動，畢竟上次玩得並不盡興，而且可以不用上家教課這件事真的太吸引人了。

「我有存一些錢。」阿希嘆氣，「我也明白這樣的拒絕方式很糟，不過一口氣打碎她的夢想，總比給她無謂的希望後，最後依然拒絕來得好多了吧？」

「這麼說也沒錯。可是，你真的認爲自己和她一點也不可能？從朋友變成情人這種事還是有的吧？」

「妳真的相信那種事啊？」阿希一副老成的樣子，一邊搖著頭，一邊嘖嘖出聲，「小妹妹，我教妳，人不會跟『從來沒想過』的對象走到一起，只可能跟『內心有好感，但還不到想在一起』的對象走到一起。」

見我沒回應，他挪了挪身子，手肘撐在桌上，一臉慵懶，「正是因爲對那個人本來就有過『他還不錯』的想法，所以才有機會發展成其他可能。假如妳從頭到尾對他連一丁點的好感都沒有，那自然不會發生任何事，妳懂我說的嗎？」

「不懂，這比念書還難。」我聳肩，順便翻了個白眼。

「我舉個例子，妳家隔壁住的那個國中生弟弟，妳覺得他怎樣？」阿希似乎十分希望能讓我理解。

「就是個弟弟，沒有別的了。」我曾經看見那傢伙亂丟垃圾，所以對他印象很差。

「那妳覺得我怎麼樣？」

「就是個家教老師。」比較帥一點，個性也比較有趣一點的家教老師。

「那勉強說起來，妳對我是有好感的吧？」

「誰會這麼說啊。」我皺眉。

「我不是說妳喜歡我，而是妳對我的好感絕對比對隔壁的弟弟多很多吧？」阿希斷言。這份自信到底哪來的？

不過瞧著他眼底的笑意、嘴角彎起的弧度，感受到那無意間散發的魅力，不可否認，他的確是吸引人的類型。

難道就因爲如此，我以後就有可能喜歡上他嗎？

「不是說妳以後就會喜歡上我，只是我能列入妳可能產生感情的對象之一。」他像是洞察了我的內心，「更簡單地來說，人往往會把異性分爲兩區，一區是永遠不可能喜歡上的，另一區則是可能喜歡上的，所以如果要找戀愛對象，也只會考慮可能的這一區。」

「所以……你那個朋友是被放在不可能這一區？」

「是啊，我只想和她當朋友。」阿希聳聳肩。

「但具體來說又是怎麼區分的？我的意思是，你怎麼知道誰是可能，誰是不可能？」

「問妳自己呀，感覺是一種很奇妙的東西，妳無法違背自己的心。」阿希看了一下手機螢幕，「我們聊太久了，已經超過下課時間嘍。」

我不禁竊笑。今天眞正在上課的時間大概只有三十分鐘，其中十分鐘還是在檢討考卷。

「別太高興，我是看妳試題答對不少，才會這樣和妳聊天，放鬆一下心情。」阿希收拾桌面上的課本，又從背包裡拿出一張試卷，「這是這次的作業。」

看著他手寫的試卷、想像著他出題目時的模樣，我不禁勾起嘴角。

「笑什麼？」阿希已經背起背包，起身準備離開。

「我只是在想，你明明就是有事要我幫忙，才耽誤了上課時間，還說成是因爲我考得好才讓我放鬆。」我也站了起來。

「都有啦。那我之後再傳訊息告訴妳時間。」他揮揮手，而我照例送他到門口。

媽媽拿了兩顆蘋果給阿希，再次感謝他讓我的成績進步。

我用唇語無聲地對阿希說：「別忘了約定。」

他明白我指的不是遊樂園一事，而是如果期末考的成績不錯，就幫我說服媽媽，讓我不用再上家教課。

即使會因此少了一份工作，他仍偷偷對我豎起大拇指，離開前還摸了摸一同送客的波波。

望著阿希離去的背影，同時又瞧見住在隔壁的國中生弟弟從巷口轉進來，當他與阿希錯身而過的瞬間，我忽然明白了阿希所說的話。

有些人永遠都不可能成為戀愛對象。

而有些人，則會被放在一個難以言說的區塊。

不是喜歡，也不是不喜歡，總之就是存在著一種……可能。

第七章

「妳眞是瘋了，居然答應家教老師這種事！話說回來，才大一就當家教，這本身就很可疑吧？他會不會只是想跟高中女生搞曖昧？」

自從我告訴謝荏恩阿希的請求後，到現在都搭上前往遊樂園的接駁車了，她還在碎碎念個不停。

「我已經說了，阿希不是那樣的人，妳見到他就曉得了。」

「還幫他說話，妳不會變心了吧？所以妳和賀存恩到底怎樣了？」

賀存恩休息了兩天才來上課，他問過我要跟他說什麼事，我則反問他知不知道我有去探病。

「我知道，芫媛有說，但我眞的睡昏頭了，連妳的訊息我都是到昨天晚上才看見。」賀存恩一臉歉然，而我對孫芫媛的評價稍稍提高，至少她沒有隱瞞我去過的事實，也沒有像電視劇裡的壞心女二一樣，把我的訊息給刪掉。

所以，我放軟了態度，「那你感冒好了嗎？」

「好多了，病毒來得快去得快。」賀存恩笑了聲，再次問我想跟他說什麼。

當時再過兩分鐘就要上課了，況且我們在人來人往的走廊上，無論如何都不是個告白的好時機。

所以我隨意扯了個理由，然後便沒了下文。

「眞是的，妳給自己設定一個目標，放暑假前絕對要有男朋友好不好？妳一定可以的！」謝茬恩對我信心喊話。

「好，我盡量。」我敷衍她，傳了訊息告知阿希我們抵達的時間。

阿希很快回覆，他預計下午四點或五點會到摩天輪附近，要我和他保持聯絡。

「妳在和阿希傳訊息？」謝茬恩靠了過來，想看阿希的頭像，但很可惜，阿希的頭像是一隻黑狗的大頭照，「怎麼用狗的照片？」

「他家有養狗，他好像也滿喜歡狗，連我們家波波都很親近他。」

「不親人的波波居然親近他？聽說被動物喜歡的人都不是壞人，那好吧，我相信阿希是好人。」謝茬恩就這樣改變了想法。有時候，她判斷的標準眞的很奇怪。

抵達遊樂園後，爲了彌補上次沒有玩過癮的遺憾，再加上今天所有花費都由阿希買單，所以我和謝茬恩肆無忌憚地買了遊樂園限定販售的角色扮演髮箍，上頭有著大大的動物耳朵造型，還買了七彩漸層飲料這種高價位飲品。不過之後我又覺得良心不安，所以傳了訊息給阿希，跟他說只需要出我們的門票錢就好。

「統統報帳吧。」

阿希很快回傳。

「就用妳的考試分數來回報，要考好一點啊。」

「哇，肯出錢的男人最帥了。」正吃著冰淇淋的謝荏恩湊過來看，「他有那個心就好，玩的是我們，我們自己出錢吧。」

我有點訝異，「沒想到妳會說出這麼有良心的話。」

「我本來就很有良心好嗎？」謝荏恩用力搭上我的肩膀，我趕緊提醒她手上有冰淇淋，要小心一點。

我們拍了好幾張照片，各自上傳至IG，然後繼續遊玩。趁著排隊等候搭乘雲霄飛車的空檔，我看了一下IG的留言，羊子青埋怨我們居然沒找她，我只好回覆她一個笑臉，表示這是身不由己。

我發現賀存恩對我的貼文按了讚，一時心血來潮，也點進他的IG瀏覽，隨即看見他和孫芫媛以及古牧然的合照。

於是，我接著找到孫芫媛的帳號，點入後卻發現她將隱私設爲不公開，頓時我的好奇心都來了。我打開Google搜尋她的帳號，交叉比對之下，還眞的發現了幾個是她朋友的公開帳號。

孫芫媛念的學校是私立女中，偶而可以看見她穿著制服的照片出現在她同校朋友的IG上。

就在這時候，我瞧見了其中一張照片，那是孫芫媛的背影，而走在她旁邊、穿著大文高中制服的男生，想必就是賀存恩了。

這則貼文是別人發布的，附上的文字寫著「羨慕」。

「換我們了。」謝茬恩說，我連忙關閉螢幕，把手機塞進包包，並將包包放到一旁的置物箱裡，上了雲霄飛車。

工作人員一一檢查我們是否繫好安全帶，而後回到操作處啟動機器。謝茬恩興奮地拉著我的手，上次我們並沒有玩雲霄飛車。

「到最頂點的時候，我一定會大聲尖叫！」謝茬恩說，而我笑了，握緊她的手。

當雲霄飛車來到頂點，向下俯衝的瞬間，我閉起眼睛，想著剛才看見的照片。

那則貼文的發布時間是去年，也就是我和賀存恩高一時。賀存恩曾經去孫芫媛的學校去接她下課，而從照片所附的文字敘述來看，孫芫媛的朋友們都知道賀存恩的存在。

我沒有青梅竹馬，所以並不清楚，關於青梅竹馬彼此之間的親近程度，怎麼樣才算是在合理的範圍內？

孫芫媛對我的敵意，以及對賀存恩的執著，是出於喜歡，還是出於對青梅竹馬的依賴？

他們把彼此放在可能區，還是不可能區？

「我預計快五點的時候，會到摩天輪前面那個有大鐘的廣場附近，妳可以在差不多的時間來嗎？」

阿希在我和謝茬恩看遊行時傳來訊息。

「我們正在看遊行。你們怎麼不來看？」

「我都要拒絕她了，還跟她看什麼遊行。我甚至一整天都一直假裝在用手機和別人聊天，事實上，也的確是在傳訊息給妳。總之，妳能在這個時間過來嗎？」

阿希還眞是過分，要是遇到自尊心比較強的女生，應該早就氣得走人了，否則也會放棄了吧。

「好吧，不過人很多，我可能會遲到個十分鐘。」

「沒問題，妳到了以後就算看見我，也不用跟我打招呼，只要告訴我妳到了，大概在哪個位置，我會自己找到妳。」

「好。你記得可不要亂說話。」

「當然，我不會讓妳難做人。」

然後他傳了個愛心貼圖給我。

「這種貼圖可別亂傳。」

我回了個生氣的貼圖，他則回覆哈哈大笑的貼圖。

「謝荏恩，我們得先離開了。」我拉了拉一旁正興致勃勃拍照的謝荏恩。

「爲什麼？遊行還沒結束呀。」

「別忘了我們今天來這裡的目的，要去會合了。」

「嗄？他們怎麼不看遊行？」謝荏恩問了跟我先前同樣的問題，我一邊向她解釋，一邊努力從人潮中擠出去。

抵達大鐘所在的廣場時，已經比預計的時間遲了五分鐘，我傳了訊息告訴阿希位置，並克制著不要東張西望。

「怎麼樣，所以我們現在在這邊要幹麼？」謝荏恩壓低聲音，行爲舉止一看就很詭異。

「妳自然一點，當作我們是在這邊休息就好。」我隨意找了張長椅，要謝荏恩也過來，正準備再傳訊息給阿希時，一道人影卻掩住了前方的光線。我一抬頭，對上那張熟悉的臉孔，阿希一副驚訝的樣子。

「好巧呀，居然在這裡遇到妳。」阿希笑著說。

雖然平常上家教課時，他也都是穿便服，但此刻的阿希和平時指導我課業的那個阿希，彷彿是不同的人。

他的頭髮在陽光下看起來是深褐色，笑容有如燦陽，臉上那驚喜的表情應該是刻意裝給「她」看的。

一名頭髮及肩的女孩站在阿希身旁，顯然精心打扮過，她正疑惑地打量我。

我總覺她有些眼熟，卻想不起來在哪見過。

「妳是……在大文高中附近那家便利商店上班的姊姊嗎？」謝茬恩天外飛來一筆，指著女孩問。

「啊……」女孩的視線投向謝茬恩，「妳們是大文的學生？難怪我覺得似乎見過。」

「便利商店？妳的新工作嗎？」阿希問。

「多兼了一份。」女孩聳聳肩。

就算臺北不大，這也太剛好了。

「阿希。」我輕喚他的名字，聲音有些沙啞。

「妳跟朋友來玩嗎？這麼巧。」阿希看了下謝茬恩，迅速對她點頭微笑，並眨眨眼，算是道謝，也是暗示她別露餡了。

謝茬恩則像個傻瓜一樣盯著阿希，沒有任何反應。

「嗯，我和朋友來玩，阿希……」我決定鬧鬧他，「是來約會啊？」

「咳咳！」他被我的脫稿演出嚇得用力咳了兩下，「沒有，不是約會，這是我朋友啦。」

女孩微笑著走近我們，「我叫周似竹，是阿希的好朋友。」她刻意強調了「好朋友」三個字，「妳們是……」

「我的家教學生。」阿希一邊說，一邊稍微垂下頭並搔搔後頸，又偷偷瞄了我一眼，再淺淺地笑。

他應該去當演員，而不是當家教，這種靦腆的小動作的確令人充滿遐想。

周似竹扯了下嘴角，並沒有遺漏阿希的小動作，但她裝作不在意，伸手拍了阿希的肩膀，並開口說：「那我們就先……」

「周似竹，我晚點想送她回家，我們就在這邊解散吧。」沒想到阿希不給她機會，打算快刀斬亂麻。

周似竹臉色大變，她這一整天混雜著喜悅與痛苦的矛盾情緒，彷彿在此刻徹底潰堤，全化爲了絕望。

「沒關係的，我和朋友一起。」也許是因爲周似竹的表情難以忽視，我下意識拒絕了阿希。

不過阿希像是早已料到我會拒絕，先是「啊」了一聲，接著朝一旁的謝荏恩說：「眞不好意思……」

「不要緊，我可以自己回家……」謝荏恩有如被雷打到，夢囈似的說出這種荒謬的話，我用手肘頂了她一下。

「回神啊，妳幹麼？」

「阿希也太帥了吧？」謝荏恩發自內心地說。

聞言，我徹底無語了。而阿希先是因爲謝荏恩意料之外的反應愣了下，隨即笑了起來。

「那不然，把她借我一下。」說完，他執起我的手，往摩天輪的方向跑去。

「等、等等，做什麼啦？」我大喊，回頭要拉謝荏恩，她卻一副嫁女兒的欣慰表情微笑揮手，與一旁周似竹鐵青的臉色形成強烈對比。

「早點回來喔——」

就這樣，我被阿希一路拉著來到摩天輪那裡，正巧沒什麼人排隊，他便乾脆帶著我進入車廂。上去後，阿希放開手，鬆了一口氣般看著我。

「小佟，眞抱歉啊。」

「你好過分，拒絕得一點也不委婉。」

「我本來想要委婉的，可是後來發現不這麼直接的話不行。」阿希兩手一攤，往後靠在椅背上。

「摩天輪轉一圈需要二十幾分鐘，讓她們兩個待在下面沒關係嗎？」說著，我拿起手機傳訊息給謝荏恩，她很快回覆我，表示一切都包在她身上。她是要把什麼事情包在身上啦？

「我想周似竹還是會等我的。」阿希搖搖頭，說起這天發生的事，像是周似竹坐雲霄飛車時會抓著他，或者吃飯時很自然地取用他盤中的食物等等，「以前她有這些舉動時，我都沒多想，但現在既然知道她喜歡我，那就不能再這樣下去了。」

我想起她剛才的表情，「她會很難過的。」

他無奈地聳肩，「要是可以，我也不想這麼做，但拖得越久，只會越難處理，她勢必還是會受傷的。」

「假如……我的同學跟你一樣，對我的溫柔是來自面對青梅竹馬時的習慣，然後我也誤會了，因此向他告白，那麼他是不是也會像你一樣，用這種方式拒絕我？」這個瞬間，我將自己代入周似竹的立場，賀存恩則變成阿希的角色。

要是賀存恩這麼對我，我肯定會無地自容，痛苦到沒辦法去上課。

「我很想說些溫柔的話安慰妳。」阿希傾身對我說，「但是，哪有人永遠不會失戀、傷心或是痛苦的呢？」

「如果可以的話，我不想受傷。」

「如果可以的話。」阿希重複著，再度往後靠在椅背上，目光往車廂外望去，接著忽然坐直了身子，「妳看外面，點燈了。」

我順著他的視線看出去，方才還算明亮的天空不知何時暗了下來，而遊樂園內的燈光正一個區域、一個區域地逐步點亮。七彩光芒襯著遊樂設施，宛如電影場景般夢幻的畫面，讓我驚訝地雙手貼上玻璃，注視著夜晚的遊樂園幻化成另一種模樣。

「好漂亮。」我情不自禁地說。

「沒想到時間這麼剛好。」阿希笑著，和我一同欣賞點燈的瞬間。

我想起謝荏恩提過的那個關於遊樂園的傳說。若是情侶一起看見點燈的瞬間，感情便會長長久久。

我和阿希並不是情侶，而是朋友，這是否意味著，我和他的友誼能夠長長久久呢？

「今天謝謝妳的幫忙。」他開口，聲音輕柔，彷彿周似竹還在這裡，而他要演戲給她看一樣。

可是我卻說不出吐槽的話，只是輕輕搖頭，與他靜靜望著這片絢爛的美景。

最後，阿希改成開車分別把我們送回家，並刻意將我安排在最後一個。周似竹下車時，臉色並不是太好，不過她還是露出微笑，對自己的單戀做了一個優雅的轉身。

「你原本打算讓周似竹自己搭接駁車回去？」得知阿希本來的計畫，我有點不敢置信，「這會不會太狠了？」

「如果妳的同學眞要拒絕妳，妳會希望他語帶保留，用半調子的溫柔對待妳，還是乾脆給妳致命一擊？」

「怎樣都不會選擇致命一擊吧……凡事都應該有更好的選擇。」我咬著下唇，阿希搖頭苦笑。

「妳真的是小朋友。」

「你也才大我兩歲，少在那裡一副大人的樣子。」我抗議。

「還會頂嘴了啊。」他笑著轉了方向盤，駛進我家巷口。

其實，雖然阿希不過大我兩歲，可的確很像個大人。

「今天謝謝妳了。」

「你說過了。」我解開安全帶，阿希隨即塞了兩千塊給我，「幹麼？」

「今天去遊樂園玩的費用，妳和妳朋友的。」

我看著那兩張紙鈔，不禁一笑，「去了某個指定地點回來後，再塞錢給我，感覺好奇怪，像是僱用我去跟監誰一樣。」

「妳也太愛亂想一些有的沒的。」

「不用了啦，今天我玩得很開心，就當作是期末考前的紓壓。」我把兩千塊還回去，迅速跳下車。

「等等，我們說好的不是這樣。」阿希降下車窗。

「沒關係，這樣就很好了，你不如好好教我功課。」

「也對，讓妳期末考後就不用再上家教課更重要，對吧？」阿希晃晃那兩張紙鈔，「那就再說一次謝謝妳，我會盡我所能。妳快進去吧，我看著妳進去再離開。」

車子不方便開進狹窄的巷弄，所以我點點頭，一邊往巷子裡走，一邊回頭對阿希揮手，看見自己的影子被車燈拉得長長的。

不過，爲什麼阿希答應會好好指導我，讓我在期末考後就不用再上家教課這件事，會令我感覺內心怪怪的？彷彿有魚刺卡在喉嚨似的，無法順暢呼吸。

明明這正是我的最終目的，也是我選擇幫忙阿希的最大原因。

這股無處可發洩的悶氣究竟從何而來？

✦

「怎麼辦，我覺得我好像變心了。」

期末考即將來臨前的某日下午，謝茬恩忽然這麼說。

「沒頭沒腦的，說什麼啊？」我用紅筆在她的數學小考試卷上打了一個大叉叉，「妳是算數學算到頭暈了嗎？」

「不是啦！我是說那個……」她左右張望一下，確認教室裡沒有其他人在注意我們，才壓低聲音說：「阿希呀！」

聽見阿希的名字，我疑惑地問：「怎麼忽然提到他？」

「我從遊樂園回來以後就一直在想，他喜歡妳對不對？」

我手一滑，紅筆差點劃過整張考卷，「哪一點讓妳這麼認爲？」

「因爲他對妳很溫柔，而且你們還一起搭摩天輪，那個點燈傳說呀，妳還記得吧？」

「就說了，那是爲了拒絕他朋友才演的戲，妳不要胡思亂想。」

「我才不相信呢，我覺得阿希一定有鬼！」謝茬恩說得斬釘截鐵。

「不要亂講話了，妳看看這個，類似的題型妳已經錯好幾次了，多注意一下吧，期末考肯定會考。」

「唉，我不擅長這類題目。」謝茬恩苦著臉湊過來，對照著我的考卷進行訂正，「妳成績進步很多耶，都是阿希的功勞吧。」

「當然，他可是我的家教老師。」我十分自豪。

「那妳跟賀存恩到底怎麼樣啦？再拖拖拉拉下去的話，我要倒戈到阿希那邊嘍。」

我用墊板拍了她的額頭，「倒戈個頭啦，阿希和我只是老師和學生的關係好嗎？我們就是朋友，不要亂想。」

「一點可能也沒有嗎？」謝茬恩揉著她的額頭。

這句話讓我一愣，想起阿希說過的「可能區」與「不可能區」。

「抓到了，妳停頓了！妳猶豫了！」謝茬恩大喊，像是發現新大陸一樣激動。

「我只是被妳的蠢問題嚇到。」我壓住她的肩膀，「冷靜點，我跟阿希是不可能的。」

「才不是這樣呢。」謝茬恩滿意地笑了，這時賀存恩正巧和一群朋友走進教室。

「妳們在吵什麼？」他穿了件薄外套，鼻子有點紅。

「在檢討考卷。」我打量著他微微浮腫的眼睛，「你又感冒了嗎？」

「好像是，不知道怎麼了。」他坐下來之後打了個噴嚏，趕緊遮住自己的嘴，卻一時找不到衛生紙，我連忙抽了兩張給他，「謝謝。」

「你有沒有看醫生？」我輕聲問，而謝荏恩默默地起身離開，走過我身後時還偷戳了我的背一下。

「今天應該會去看。」他聳聳肩，略顯猶豫地盯著我。

「怎麼了？」

「我看醫生的地方在我們平常帶狗去散步的那個公園附近，因爲每次看醫生都要等很久，所以我想順便帶傻冒散步……」

「你都不舒服了，還要帶傻冒散步？還是交給你家人吧。」我插嘴。

「不是啦，我是說……我的意思是，妳今天會帶波波去那個公園散步嗎？」他抓著耳垂，臉頰變得通紅。

「會呀，大概在……」我忽然意會過來，不太確定地注視著賀存恩，「你是說，我們一起散步……是嗎？」

「是順便，反正我要看醫生，妳就幫我帶傻冒在公園裡逛逛，因爲傻冒又不能進去診所。這是順便啦。」他再次強調，但我的心跳飛快，立刻用力點頭。

「好，順便。」我答應下來，然後低頭看自己的考卷。

賀存恩也應了一聲，坐正身子，拿出他的小考考卷，像是要訂正，握著紅筆在上頭寫啊寫的，不過他考了九十五分，還只是錯在計算錯誤，根本不需要訂正考卷。

不久，他將自己的考卷放到我的桌上，隨即又走了出去，我愣了愣，正要去看他的考卷，謝荏恩卻從另一邊跑過來，湊到我身旁，「賀存恩寫了什麼給妳？」

「妳！不要偷看啦！」我推開謝荏恩，並將賀存恩的考卷塞進抽屜。

說不定他什麼也沒寫，只是要讓我參考他的考卷以便訂正而已，然而我還是下意識地把考卷藏起來。

「好小氣！怎麼辦，我現在陷入兩難了，到底要支持賀存恩還是阿希？神啊，可以兩個都選嗎？隱藏路線之類的？」

「妳在說什麼瘋話，把妳的考卷拿回去啦！」

「哈哈哈！」謝荏恩笑著帶走自己的考卷。

別人的事情她也能這麼開心，眞是愛湊熱鬧。

確定謝荏恩已經乖乖坐回自己的位子後，我才小心翼翼地拿出賀存恩的考卷。只見九十五分的「九」的圓圈之中，被用紅筆寫上了「七點，公園見」。

我抬起頭，賀存恩就站在走廊邊瞧著我，頓時我內心一緊。他是不是聽見了謝荏恩對我的調侃？

但他似乎在向我說些什麼，嘴巴一張一闔，卻沒有發出聲音，我只好瞇起眼睛努力讀著唇語。大概是表情太呆，他笑了一下。

我趕緊閉上嘴巴，他笑個不停，再次用嘴型問我：「OK嗎？」

我縮起身子並將手放在胸前，比出「OK」的手勢，他瞬間笑開，轉過身繼續和朋友聊天。

嘴角的微笑怎麼樣也止不住，我迅速趴到桌面上，將臉埋在雙臂之間。

這個好消息我當然沒忘了要告訴阿希，所以傳了訊息給他。不知道大學生是不是都很閒，阿希很快就讀了訊息並回應。

「加油。」

於是，我順便問了他狀況。

「你和周似竹後來還好吧？」

「很好，目前沒什麼交集。」阿希發了個聳肩的貼圖。

「好吧，你傷害了她，你是個壞人。」

「好說好說。」

上課鐘聲響起，我關閉螢幕，賀存恩返回座位上。我們心照不宣地對看一眼，又別過頭，然後再次看了下對方，這樣的默契讓我們彼此會心一笑。

晚上，我飛快地吃完晚餐，便帶著波波出門散步。我比約定的時間早了十分鐘抵達公園，初冬的晚風增添不少寒意，我拉緊外套以防著涼，隨即發現賀存恩已經站在約定的地點。

「傻冒！」我喊出聲，傻冒似乎還認得我，興奮地搖著尾巴想朝我奔來，不過牠的身上繫著牽繩。

「好乖好乖，沒有再亂跑了吧？」我開心地蹲下，撫摸著傻冒，牠的舌頭舔在我的臉上，波波在一旁吃醋地低吼。

「什麼呀，妳居然先叫傻冒。」賀存恩咳了一聲，神情有些埋怨。

「因爲……」我不好意思地笑了，站起來看著戴了口罩的他，「還好嗎？」

「還好，醫生說只是小感冒而已。」他晃了晃從口袋裡拿出的藥包。

「你不是要把傻冒交給我，然後才去看醫生嗎？」我不禁疑惑。

「我剛才已經先看完了。」他把藥包放回口袋，「所以我們現在就……散散步吧。」

戴著口罩的他雖然只露出眼睛，但彎起的雙眼讓我知道他正笑著。忽然間，我的心頭一陣小鹿亂撞，我輕輕應了聲，跟著賀存恩的步伐一起走在這座公園。

我們沿著步道前行，有一搭沒一搭地聊天，卻像是沒搔到癢處般，都沒說出彼此眞正想說的話。

就在我們的對話陷入僵局時，傻冒冷不防大叫一聲，波波嚇了一跳，往我這裡縮來，原來前方有位牽著獒犬的男子迎面走來。

「傻冒，不要叫。」見到大狗，賀存恩也略顯緊張，他蹲低身子並伸手安撫傻冒，可是傻冒依舊不斷低吼，我則是抱起波波。

「沒事沒事，別緊張，牠不會怎樣。」獒犬的主人老神在在，笑吟吟地牽著狗經過，而獒犬只瞥了一眼相比之下十分嬌小的傻冒，絲毫不放在眼裡似的緩步向前。

「小情侶一起帶狗散步啊？眞好眞好，愛狗的都是好人。」獒犬主人笑著說，逐漸走遠。

這句話頓時讓我們陷入尷尬無比的沉默。我該趁這個機會告白嗎？還是打哈哈帶過，當作沒這回事？

我原本早就決定好要告白，只是這陣子發生了太多事情，才會拖到現在。而此刻也許就是最好的時機，我不該再猶豫了。

於是我深吸一口氣，緊緊抱住懷中的波波。給我一點力量吧！波波！

「賀存……」

「那個！」賀存恩卻打斷我。他蹲在地上，維持著把手擱在傻冒身上的姿勢，「上次我說的那間民宿，妳還記得嗎？」

我愣愣地點頭，接著發現他蹲在那裡根本看不見我的動作，連忙開口：「記得，花東的民宿，你說有一天想去。」

「我是說，有一天想和女朋友一起去。」賀存恩的聲音顫抖，他緩緩站起來，轉過身子，「妳懂我的意思嗎？」

我木然地搖頭，而他嚥了口口水，先是望了地上的傻冒和我懷中的波波一眼，才將目光移到我的臉上，「以後，我們一起去吧。」

我倒抽一口氣，沒料到他會先說出口。

「妳……妳以後，有一天，會跟我一起去……」

「會！」我想也不想地，不等他說完便回答。

「妳知道我的意思，對吧？」賀存恩問。

「知道。」見他鬆了一口氣，我忽然想使壞，「但你要不要再跟我確認一次？」

我將波波放到地上，微微向前一步，「我現在，是你的……什麼？」

賀存恩對上我的眼睛，不再緊張與遲疑，淺笑了一下。

「女朋友。」

第八章

「恭喜妳。」

成爲賀存恩女友的第一天，早上睡醒後，我首先看見的是阿希的訊息，半夜三點多時傳的。

「大學生都這麼晚睡嗎？」

我回覆之後就趕緊去刷牙洗臉，因爲賀存恩今天和我約在巷口，我們要一起去上學。

出門前，我原本考慮著要不要告訴爸媽我交了男朋友，但很快便打消了念頭。爸媽肯定會很生氣的，覺得我不念書只想談戀愛。

所以，最好的坦白時機，是期末考成績出爐後。

遠遠看見賀存恩站在巷口，我不禁笑了開來。原來望著喜歡的人等待自己的背影，是這麼幸福的一件事。

「早安。」一開口，我的聲音就分岔了。我羞窘地低下頭，賀存恩則朝我伸手，

「你這是……要牽手的意思？」

「是啊。」他愉快地笑著，對我勾了勾手。

「交往第一天就牽手，這樣好嗎？」

「有什麼不好的？」賀存恩霸道地牽住我的手，「這樣很好。」

交往前，他的態度總是扭扭捏捏，沒想到一交往就要牽我的手。

手心傳來他的體溫，原來他手掌的觸感是這個樣子……

糟糕了，我好開心，開心到覺得就快要笑出聲音。

賀存恩牽著我的手一起走進校門這件事，很快傳遍了整個學校。就別提羊子青和謝荏恩興奮的反應了，連老師都一臉「叫我先知」的表情，而古牧然則是露出高深莫測的微笑。至於其他女同學自然也是議論紛紛，不是大呼可惜就是覺得難以置信。

面對周遭的騷動，賀存恩只是淺笑著更加握緊我的手，讓大家認清現實。

不過放學時，我看見了最不想看見的人。

穿著私立女中制服的孫芫媛站在校門口，一臉不諒解地等著賀存恩。當她見到我們彼此交握的手時，簡直氣得七竅生煙。

「牧然說你有女朋友了，我還不相信。」孫芫媛惡狠狠地瞪我，「無論妳是什麼身分，都永遠介入不了我和存恩之間的。」

「芫媛。」賀存恩為難地開口，經過的同學們無不好奇地多看幾眼。

以往我不能多說什麼，是因爲我只是賀存恩的同學，但如今我的身分不一樣了。所以我握緊賀存恩的手，朝孫芫媛踏前一步。

「孫芫媛，妳會不會太依賴賀存恩了？他只是妳的青梅竹馬，妳沒有資格干涉他的交友。」

我的話讓賀存恩瞪大眼睛，也讓孫芫媛瞠目結舌，更讓四周的同學們發出低低的歡呼聲。

「芫媛，妳夠了。」古牧然從一旁出現，拉住孫芫媛的手，「回去吧。」

「牧然，你知道的，存恩不會丟下我。」孫芫媛用力搖頭，隨即揚起微笑，「巫小佟，存恩就暫時借給妳吧，我很快就會要回去。」

雖然對她的話感到有些不安，我依舊強裝鎮定，牽著賀存恩的手掠過她身邊。後面的人群爆出一陣歡呼，賀存恩甚至用有些崇拜的眼神看我，可是我卻無法忽略內心那隱隱的擔憂。

有沒有可能，孫芫媛和賀存恩的羈絆，比我想像中的還要深？也許他們之間有什麼不爲人知的過往。

否則，爲什麼孫芫媛不纏著同樣是青梅竹馬的古牧然，而只糾纏賀存恩呢？

之後幾天，我始終戰戰兢兢，不過孫芫媛彷彿消失了一樣，沒有再出現。說不定是因爲他們住得近，所以孫芫媛都是在賀存恩回家後才去找他？

光是這樣的想像便快將我逼瘋，於是我問賀存恩最近有沒有遇見孫芫媛，他卻說沒有。

「她的學校也快要舉行期末考了，所以和我們一樣在念書吧。」

賀存恩的說法讓我覺得不太對勁。如果他們眞的都沒有聯絡，他怎麼會知道她也要準備期末考？

雖然各所高中的期末考時間都差不多，也或許是孫芫媛先前就提過了。我自己爲賀存恩找了合理的解釋。

「說謊是不行的喔。」聽了我的煩惱，阿希一邊批改自修裡的習題，一邊表示。

「他沒有說謊，我只是有點疑問而已。」

「不信任往往會對感情造成最大的傷害。」阿希翻頁，「很好，妳進步很多。」

「我沒有不信任他。」看著只錯了幾題的結果，我卻沒有高興的感覺，「阿希，難道你談戀愛時從來沒有不安過嗎？」

「當然有啊，這是人之常情。」

「那我也是啊，我只是因爲不安，所以有一點懷疑……」

「懷疑。」阿希彈了一下手指，並重複我的話。

「我口誤。」我趕緊摀住嘴。

「來不及了。」阿希搖頭，「是有個方法啦，不過如果我是妳的男朋友，絕對不會喜歡。」

「什麼方法？」只要能消除心中的疑慮，我什麼都願意試。

「妳不是說還有另一個也是青梅竹馬的男生在別班？老天，怎麼這麼多青梅竹馬？」阿希還不忘吐槽，「妳去問那個男生，但要不著痕跡地套話，也不能被妳男友發現。」

「要怎麼問？我不會。」

「我現在不只是妳課業上的老師，還是妳的愛情軍師啊？」阿希一臉無奈，「明天就要期末考了，妳別馬上去問比較好。」

「爲什麼？如果不快點知道答案，我會在意到考不好的。」

「可是如果眞相更令人受傷呢？那考試怎麼辦？」

聞言，我胃部一縮，「不會的，我相信他。」

「妳要是眞的相信他，就不會去問了。」阿希說得一針見血，而我不想多作回應。

「那不一樣。所以，你到底要不要教我？」

阿希嘆了一口氣，卻又立刻顯得興致勃勃，「首先，向那個男生探聽時，即使他講出在妳預料之外的話，也不能表現出驚訝，要假裝妳本來就知情。因爲男方可能會對朋友謊稱女方也知道，但其實女方根本被蒙在鼓裡。若是讓那個男生察覺到自己說溜了嘴，他就會下意識幫男方圓謊，這樣妳就打探不到事實了。」

我點點頭，阿希繼續說：「接下來就是順著他的話聊，也許可以說說那個青梅竹馬女生的優點，或是假裝理解妳男友和那個女生之間的羈絆，總之不要像個愛吃醋的女人，這樣他就會不自覺地越說越多。」

「好陰險喔，阿希，你是什麼星座的？」

「呿，星座哪準啊。」阿希神情不屑，「不過我不喜歡女朋友這麼做，直接問我不是更好？」

「就是不能直接問……」

「妳有想過為什麼不能直接問嗎？」阿希定睛看著我。

「因為怕他生氣……」

「妳私下打聽，他得知了也一定會生氣。」

「他不知道的話就沒事啦，只要我問的技巧夠好，那個男生就不會去跟他告狀，他也就不會知情。」

「好，那除了怕他生氣以外，還有其他原因嗎？」

我沒有回答。

「因為妳怕他說謊。」阿希說出我內心最深處的想法，「這就是不信任，妳心裡很明白。」

「阿希，如果我期末考成績很好的話，你就要失去我這個學生了耶。」我不想被他看透，所以轉移了話題。

阿希也沒有繼續這個我不想談論的話題，順著我的話說起了課業上的事，「我是眞的希望妳能考好，我目前教的學生裡已經有一半考完試了，他們都進步不少，所以妳不能給我漏氣啊。」他又從背包裡拿出資料夾，抽出自製考卷，「別以為要考期末考就沒作業了，不過給妳個優待，可以考完後再交。」

我翻了個白眼。在課業方面，阿希完全是個魔鬼。

「對了，周似竹和你現在如何？」

「老樣子嘍。不太常說話，變成普通的同班同學。」阿希嘆氣，「人不管活到了幾歲，永遠都處理不好的就是人際關係。」

「我以為隨著年紀增長，經驗逐漸累積，應該會越來越得心應手。」

「這是當然，但總是會有意想不到的狀況發生，所以人永遠都在學習跟犯錯。」阿希收拾好背包，「好啦，明天考完後記得跟我報告考得怎樣。」

「嗯。」我起身要送他離開，波波跟著跳了起來，「波波眞的很喜歡你。」

「因爲我是愛狗人士啊，狗待在我家的日子可是比我的歲數還要長。」阿希彎下腰，摸著翻過身露出肚子撒嬌的波波。

「就是你LINE頭像的小黑狗對吧？」

「那是牠小時候的照片，現在已經長大了，三、四歲了吧。」阿希說，「牠前陣子走失了，好在我弟把牠找了回來，不然我們家的人都難過得要命，我原本已經要放棄找牠了。」

「怎麼老是聽說狗狗走失？外出一定要繫牽繩，打開家門時也要注意呀。」我叮嚀，阿希擺擺手說他現在曉得了。

和阿希道別後，我回到房間繼續念書，最後索性寫起阿希剛才給我的試卷。

過了一會，我想了想，傳了訊息給賀存恩，問他書念得如何。

他並沒有讀取，我不想做個硬是要打擾他的女朋友，於是繼續寫著試卷，直到吃完晚餐，才收到賀存恩的回覆。

「我去圖書館，手機忘記帶了。」他附了個抱歉的貼圖。

「怎麼不找我一起？」我回應，並傳了看書的貼圖。

「妳今天有家教課吧？所以我就自己去了。」

一想到他記得我的行程，我就覺得好窩心。

「自己念書不會無聊嗎？」

「自己一個人才更有效率啊。」

「這樣嗎？不過這次考試我可不會輸給你了。」

他傳來大笑的貼圖，「好啊，來比比看吧。」

「輸的人要做什麼？」

「請喝飲料吧。」

「沒問題，那我先去洗澡，晚點再聊。」

「好。」

然後，賀存恩傳了張愛心貼圖，我頓時心跳加快，猶豫了一下，也回了愛心貼圖給他。

一直以來，愛心與親親這類貼圖，都只有在和謝荏恩或羊子青聊天時才會使用，如今我卻傳給了賀存恩。光是這樣的轉變，便足以令我內心悸動不已。

我該珍惜此刻的心動，而不是去猜忌那些無謂的事，所以我決定聽阿希的話，不去向古牧然打探。

✦

期末考第一天的考科分別是國文、數學、物理和地理。國文和地理我應該能輕鬆過關，比較麻煩的是數學和物理，而且這兩科都在下午考，想到這點，我就覺得中午吃不下飯了。

但想歸想，我和謝荏恩還是去合作社買了不少東西吃，畢竟動腦也會消耗熱量，得先儲存體力才行。

「妳上午考得怎樣？」我們坐在中庭外圍的走廊邊，謝荏恩咬著紅豆麵包。

「還不錯，可能會是有史以來最高分喔。」我得意地笑。

「國文和地理拿高分是理所當然的！」這種話由國文和地理最弱的謝荏恩說出來，顯得格外諷刺，「妳還眞是人生勝利組，考試輕鬆搞定，又有賀存恩這樣的男朋友，眞不公平。」

「什麼話啊，難道妳不爲我高興嗎？」我勾住她的脖子，讓她差點吐出嘴裡的麵包。

「身爲朋友，我當然高興。但身爲女人，我好嫉妒！」謝荏恩滿臉哀怨，「況且男二還是阿希那麼優質的男生。」

「還在阿希，而且什麼男二啦，我和阿希不可能，之前不是說過了嗎？」我皺眉，鬆開了挾持著謝荏恩的手。

「妳有男友，我就不多說了。」謝荏恩曖昧一笑，朝我後頭望去，扯開嗓子喊，「唷！古牧然。」

我跟著回頭，古牧然正喝著飲料從合作社走出來。見到我們，他揮手打了招呼，然後就要離開。

「你考得怎樣？」謝荏恩多問了一句，古牧然這才過來。

「我國文很爛，應該會不及格。」

「哈哈哈，騙人！」我大笑，古牧然卻神情認眞，於是我趕緊咳了聲閉嘴。

「我懂，國文眞的超難，我實在無法理解爲什麼我很會說中文，國文卻總是考不好。」謝荏恩倒是心有戚戚焉。

「芫媛大概會生氣吧，枉費她特地教我國文，存恩也是……」

這句話有點奇怪，當我正要開口詢問時，腦中忽然閃過阿希的話。不能露出驚訝的表情，要順著古牧然的話說才行。

「對呀，你沒考好的話，就太對不起他們了。」

「唉，這下子眞的對不起他們了。」古牧然沒察覺不對，單手插腰看著我，「沒想到妳這麼有肚量。」

有肚量？哪方面的肚量？

是指我此刻的態度，還是有其他我不知道的事，而他以爲我知道？

我將握緊的拳頭藏在裙襬兩側，盡量維持聲音的平穩，決定賭一把，「是呀，一起念書而已，又沒什麼，畢竟你們是青梅竹馬。」

「哈，存恩說妳曉得這件事的時候，我還懷疑他說謊，原來是眞的。看樣子妳和以前那些女生確實不一樣。」古牧然的話瞬間把我打入地獄。他說了些什麼？我又聽到了些什麼？

既然他爲此鬆了一口氣，就表示他並不是在胡扯，那麼不也證明了，賀存恩對我說謊？不，他不見得有對我說謊，我必須確認他們一起念書的時間，或許不是昨天，昨天賀存恩說他是自己一個人去圖書館的……

我喝了口飲料，儘管我根本吃不下東西了，還是故作鎮定，「其實，像昨天那樣只有他們兩個去圖書館念書這種事，我多少還是會在意，不過至少賀存恩有跟我說，所以就算了吧。」

我再次賭了一把，即使猜錯，大不了順著古牧然的話圓回來就好。

「像昨天那樣只有他們兩個去念書也沒幾次，畢竟從以前就是芫媛在教我和存恩念書，我們通常都會一起。其實存恩他哥也很厲害，但他哥總是不願意教我們，所以這份工作就落在芫媛頭上了。」

想不到，賀存恩眞的對我說謊了。

古牧然沒發現我緊握成拳的雙手正顫抖著，笑容也快要堅持不住。他看了一下手錶，「我要回去做垂死掙扎了，祝妳們考試順利。」

「嗯，加油。」這是我所能擠出的最後一句話。

等古牧然走遠，聽不見我們說話的聲音後，謝茬恩立刻握住我的手，一臉心疼與難受。她眞不愧是我的好朋友，只有她看出了我的僞裝。

「妳並不知情，對吧？」謝茬恩的手微微用力，「我該說些什麼？」

這樣就夠了，什麼也不必說。

我扯出一抹微笑，並把另一隻手覆在她的手背上。

「不要擔心這件事，把心思放在考試上吧。」

「我不會逼妳說，但不管怎樣我都會在妳身邊。」謝茬恩看起來比我更難過。

我們回到教室，賀存恩渾然不知我已經曉得他說了謊，還朝我咧嘴微笑，說了考試加油。

我笑不出來，又不能無視他，只得對他豎起大拇指後就趕緊坐下，暗自慶幸著因爲考試的緣故，老師刻意打亂了大家的座位，所以賀存恩目前的位子不在我旁邊。我現在根本沒法心平氣和地跟他說話。

當考卷發下來時，我渾身發抖，想哭卻又不能哭出來，連呼吸都彷彿要用盡全身力氣。我咬著下唇，緊握著筆，指甲陷入了肉裡。當我終於找回力氣在考卷上寫下自己的名字時，已經是十分鐘後的事。

接連兩堂考試，我不知道自己是怎麼撐過去的，甚至完全不記得題目。和賀存恩一起回家時，他神采飛揚地計劃著考完要去哪裡玩，我卻覺得異常刺眼。

下了公車，他終於問我到底怎麼了。

「你爲什麼要騙我？」

雖然已經忍耐了半天，我的怒氣仍沒有絲毫消滅，一開口就是這句話。

賀存恩似乎不明白我在問什麼，那無辜的模樣讓我更加生氣，「和孫芫媛單獨念書的事。你爲什麼要騙我？」

「妳怎麼……是古牧然告訴妳的嗎？」這句話粉碎了我的信任，他承認自己說謊。

「難道你就沒想過是孫芫媛說的？」

「芫媛不可能……小佟，我不是要騙妳，只是……」

「只是什麼？」我大聲說，周遭的人因此投來目光，賀存恩想拉著我到其他地方，而我甩開他的手，「就在這裡說！」

「好，在這裡說，不過妳別這麼歇斯底里，這只是小事情……」賀存恩的話讓我瞪大眼睛。小事情？說謊是小事情？

「小佟，我承認我說謊了，因爲我和芫媛之間沒有什麼，可是根據以往的經驗，沒有一個女生會相信我，妳們會哭會鬧，所以與其告訴妳實話，害妳產生無謂的懷疑，還不如別說。」

「說謊就是心虛的表現！你怎麼能不說？」這種藉口我無法接受。

「我和芫媛眞的什麼也沒有，我發誓，她就只是青梅竹馬。」賀存恩嘆氣，「妳看，妳的反應就是這樣，我即使事先說了妳也不會接受，結果都是一樣的，我實在受夠了老是得爲芫媛的事和女朋友吵架。」

「賀存恩，如果你的歷任女友都老是爲了孫芫媛的事和你吵架，那你是否想過，問題是出在你身上，而不是你的女友身上？」我覺得心好痛，我們才交往多久？

「事實就是，我和芫媛是青梅竹馬。但我和芫媛不可能有任何發展，這也是事實。」賀存恩靠向我，我退後一步表示抗拒，然而他又向前，試探性地拉住我的手，「小佟，我喜歡妳，妳才是我的女朋友。」

必須承認，我被他誠摯的眼神與溫柔的語氣打動了。我緊繃的身子放鬆了些，表情不再那麼猙獰，他則握緊我的手，「小佟，我發誓，孫芫媛眞的眞的，就只是我的青梅竹馬，只是我不可能不管她。」

「那你能答應我以後不再說謊嗎？」這是我最後的底線。

「我答應妳。」他毫不猶豫。

即便內心還存有芥蒂，面對他的承諾，我選擇了相信。

賀存恩送我到巷口，與我雙手緊握，接著在我的臉上落下一吻。我嚇了一跳，他紅著臉結巴地說：「我不想讓妳不開心，所以我保證以後什麼都告訴妳，好嗎？」

「你好賊。」我感受到自己的臉頰也熱了起來，忍不住用一隻手遮住自己的臉。

「下一次，我就不會只是親那邊了。」說完，賀存恩轉身便跑。來到對街，他旋身對我揮手，「明天考試加油！」

我用力點頭，開心得激動不已。戀愛如此神奇，上一秒我還那麼委屈，下一秒又因他的舉動而笑逐顏開。

回家後，我收到了阿希的訊息，他問我怎麼沒有準時報告考得怎麼樣。

忽然，我興起了打電話給他的念頭，於是想也沒想地按下撥打。阿希很快接起來，似乎有些訝異，「不會是考得很糟吧？不然怎麼打來？」

在電話裡頭聽到阿希的聲音有種奇怪的感覺，我一股腦兒地把今天發生的事全部告訴他。因爲看不見阿希的臉，不知道他現在是什麼表情，不過他很安靜地聽我說完後，才開口：「妳是笨蛋嗎？」

「居然一開口就罵我？」

「我不是說了，不要今天問。妳看妳，下午考了些什麼都不記得，而且還是數學和物理這兩科。」阿希的語氣聽起來很嚴肅，我頓時心慌。

「阿希，對不起，可是我……」

「唉，我也不是不理解妳的心情。但妳眞是笨，這樣就被唬住了嗎？」

「什麼？」

「妳男朋友一邊告訴妳無法不顧青梅竹馬，一邊又說最喜歡妳，這樣就打發妳了嗎？」

「什麼啊，你講話怎麼這麼難聽……」

「我喜歡妳。」阿希的話讓我一愣，渾身僵住，腦袋也一片空白，「小佟，這種話誰都能輕易說出口。」

我回過神，「你……你剛才是在耍我嗎？」

「我不是在耍妳，我是幫妳認清現實，他說了謊這個現實。」

「可是他給我保證了。」我握緊手機，手心微微冒汗。

「那我保證我喜歡妳，我也給妳保證了。」阿希的聲音離我好近，而不知怎麼地，聽他這麼說，我莫名生氣起來。

「我討厭你這樣說！」

「妳討厭聽實話？小佟，別傻傻的，留個心眼吧，妳的男朋友不值得信任，仔細觀察……」

「我不要跟你說了，我要去念書。」說完，我掛掉電話，把手機丟在床上，坐到書桌前打開課本。

手機不斷震動，我不想理會。

我還以爲阿希會懂，還以爲阿希會跟謝荏恩一樣什麼也不說，就只是靜靜地陪著我。

雖然阿希向來毒舌，然而他今天的發言格外刺耳。

彷彿在與阿希賭氣一般，他的訊息我全都已讀不回，就這樣度過了期末考。

發回考卷的那天，正巧是要上家教課的日子，我有些彆扭，硬是裝作還在生氣，坐在小桌旁等待阿希到來。過沒多久，電鈴響起，我立刻打開自修要寫，但想想又覺得不對，轉而拿了手機點開聊天視窗。

媽媽的聲音從玄關傳來，很快我便聽見阿希踩著拖鞋往我的房間走。我切換到IG的畫面，一手撐著下巴，當房門打開時，我刻意不去看他。

他走到我身邊坐下，將背包放在一旁，卻沒有更多動作，也沒有要叫我的意思。

好，要來耗是吧？那我們就誰也不理誰吧。

沒想到阿希比我預料中還要有耐性，我已經滑完了一輪IG，他依舊動也不動，於是我按捺不住，幾乎是下意識地看了阿希一眼。

「噗——」一看見他的臉，我瞬間爆笑出聲，阿希做出了鬥雞眼的模樣，還把兩頰往嘴巴內側吸得凹陷下去，像隻金魚似的，滿臉通紅，額頭冒了好幾滴汗。

「靠，妳終於看我了，我都快中風了。」阿希吐了好大一口氣，用手背擦了擦汗。

「你、你從剛才進來到現在，都維持著這個樣子嗎？」我笑得渾身顫抖，又想努力忍住。

「對啊，我以爲妳很快就會看我了，沒想到居然撐這麼久。」阿希打開礦泉水，喝了好幾口，「糟了，我的眼睛是不是轉不回來了？妳看看我現在還是不是鬥雞眼？」

他一邊這麼說，一邊故意把眼珠子往鼻梁的方向集中，再次做出了鬥雞眼。由於太過突然，我沒有心理準備，又克制不住地哈哈大笑，忍不住伸手打他，「你好煩啊哈哈哈哈哈！」

阿希「唉唷」了兩聲，輕輕揉著被我打過的地方，「我上大學以後就沒有被這樣打過了耶。」

「我不是故意打你的，是你的錯。」我還在笑，卻試圖表現自己仍在生氣，所以刻意強調了「你的錯」三個字。

「我是不覺得我有錯啦，但之前我的確把話說得太重了。」阿希聳聳肩，「爲了賠罪，我會跟妳媽說，妳不需要繼續上家教課了。」

「什麼？」我一愣，「你已經跟她說了嗎？」

「還沒，要先看一下妳的成績呀。雖然無論怎麼LINE妳，妳都已讀不回，不過我想不會差到哪裡去的。」阿希朝我伸手，「讓我看看考卷。」

「我沒有考得很好。」我說。

「別擔心，答應妳的事情我一定會做到，只要不是糟到無可救藥，我就會盡力說服妳媽。」他勾了勾手指，「快把考卷拿出來。」

我緩慢地從書包裡拿出所有考卷，阿希一張一張看過去，眼神發亮起來，「妳考得……很好啊，怎麼會不好？」

「我以爲可以全都考九十分以上，可是你看物理只有八十分，數學更是才七十五分而已。」

「和妳期中考的成績相比，已經進步很多了。」阿希滿意地將考卷收妥，「這下子妳媽媽應該會答應的。」

「那個！」

「嗯？」

「我還想繼續上家教課。」我脫口說出連自己都感到訝異的話，說完立刻摀住了嘴。見阿希的神情從驚訝轉爲柔和，我猶豫地把手放下，「因爲、因爲，如果忽然就不上家教課了，我怕我的成績又退步，也許該等穩定一點再說。而且接下來就是高二下學期了，是很重要的時期……」

「眞正的原因呢？」阿希冷不防地問。

此刻，他的模樣好陌生，聲音也好陌生。

「因爲……我希望阿希能繼續教我。」

我的聲音彷彿從很遠很遠的地方飄來，不是出自我的口，而是出自我的心。

波波跑進了房間，跳到阿希腿上，他低頭摸著波波，我看不見他的表情。

「那就……繼續下去吧。」他的聲音好輕好輕，輕到我以為是自己幻聽了。

我低下頭，想看清楚他的臉，想確定他是不是有開口。

這瞬間，我與阿希對視，那雙漆黑如潭的眼眸，像深不見底的黑洞般，將我牢牢抓住。

第九章

寒假到來，對即將邁入高二下學期的學生們來說，這是高中時代最後一個眞正的假期了。

由於有寒假輔導課的關係，包含過年在內大概只有兩個禮拜的假期，所以我和賀存恩相當珍惜這段時間，決定要好好玩樂一番。

我們去參觀了金瓜石遺跡、看了兩場電影，而且幾乎每晚都一起去公園遛狗。

這是我過得最快樂的一個寒假，因爲賀存恩就在身邊。

「這裡我和芃媛來過，她還在那邊跌倒了。」夜晚，我們漫步在人行道上，寒風吹過，賀存恩握緊我的手。

「是嗎，什麼時候呀？」我勉強擠出笑容。

「大概是國二吧。」賀存恩回答。

他不會再避免提起孫芃媛了，可是他和孫芃媛之間的回憶太多，彷彿這座城市的每一個角落都留有他們過去的足跡，這種感覺在我的心中徘徊不去，如影隨形。

我並不想知道，也不想聽，卻無法迴避。他們從三歲就在一起了，古牧然則是小學一年級時才搬到他們家附近，所以賀存恩與孫芃媛根本是一起長大的，羈絆自然深厚。

「你喜歡過她嗎？」我終究還是這麼問了。

賀存恩偏頭想了一下，這個停頓讓我擔憂，但他隨即露出調皮的笑容，「我說過了，我和她不可能。」

我在心裡鬆了一口氣，那份不安卻揮之不去，「那如果有一天，我和孫芫媛同時需要你，你會去誰那裡？」

「要看是什麼事情。」賀存恩認眞思考著，他的回應理性且中立，然而我要的不是這種回答。即使是謊言也好，應該說無論如何都會來我這裡才對吧？

可是，我不就是要他承諾我不說謊嗎？

原來我是接受不了實話的人？

「是因爲類似的事情，然後很緊急呢？」

賀存恩有些爲難，「妳身邊有人可以幫忙嗎？」

我頓時愣然，「你的意思是，你會去孫芫媛那裡？」

「如果我在家，我會先去她那邊確認狀況，再去找妳。如果我在外面，我會先安頓好妳，再去找她。」賀存恩握住我的手，「小佟，芫媛就像我的妹妹一樣，應該說比妹妹更親，我對她有責任……」

「你對她有什麼責任？」我甩開他的手，怨懟地瞪著他，「你需要對她有什麼責任？」

賀存恩先是一愣，然後沉下臉，「妳要我老實告訴妳一切，可是妳看看妳自己的反應。」

「我還能有什麼反應？你要不要聽聽你自己說的話？如果今天我身邊有個像孫芫媛那樣的異性存在，你會怎麼想？」

「我會想，也許妳和他之間有我介入不了的過去，有堅不可摧的羈絆。」賀存恩的眼神堅定，宛如利刃般劃過我的心。

「好，今天就到這裡吧，我要回家了。」我轉身跑走。

我相信賀存恩是喜歡我的，但也相信他無法割捨孫芫媛。

怎麼會有這麼畸形的關係？究竟是我不夠大方，還是他們太過奇怪？

我的眼淚不爭氣地落下，賀存恩並沒有追上來。跑到我家所在的巷口後，我停下腳步擦乾淚水，打算等一等再回家，否則紅著眼睛肯定會被發現的。

「哇，妳怎麼……」沒想到，意料之外的人出現了。阿希穿著羽絨外套，戴了頂毛帽，神情驚訝。

「新年快樂。」我趕緊朝他鞠躬，希望他沒看見我眼角未乾的淚珠。

「怎麼了？」可惜果然還是瞞不過阿希，「哭什麼呀？不會是因爲男朋友吧？怎樣，他選擇了青梅竹馬嗎？」

「你還眞是烏鴉嘴。」我笑了笑，原本已經止住的淚水再次不斷滑落。

有個東西突然套到了我的頭上，並往下遮住我的雙眼，觸感有些刺癢，接著，阿希抓住我的手腕。

「幹……」話還沒說完，我意識到那是阿希的毛帽，爲的是要遮去我的眼淚。

「不行喔，小佟，怎麼可以罵髒話？」阿希的聲音帶了點笑意，我明白他是貼心地想緩和氣氛。

「你要帶我去哪裡？我看不到路，會跌倒。」我感覺他拉起我的手。

「不會啦，有我拉著妳。而且又不是要用跑的，跌倒什麼啦。」

阿希領著我，冷風拍打在我的臉頰上，似乎也帶走了淚水。透過毛線間的空隙，我看見阿希的後腦勺，以及隨步伐微揚的髮絲。

嘴角不知不覺浮現笑意，賀存恩帶給我的失望彷彿已經煙消雲散，我就這樣讓阿希拉著走了一段長路，最後終於停下來。

阿希伸手拿下蓋住我雙眼的毛帽，當他的笑臉映入眼簾時，我有種如在夢中的錯覺。

「哇，毛帽都溼掉了，妳流口水嗎？」他故意誇張地說。

「是鼻涕。」我也故意這麼回，他聞言大笑了一聲。

「這裡是哪裡？」環顧四周，我們站在一條不算寬的馬路上，放眼望去杳無人煙，兩旁都是樹林，我不記得自家附近有這樣的地方。

「記得我很久以前跟妳說過，我挺喜歡夜晚的空氣嗎？」他朝前方的小徑走去。

「就是你去雲朵公園接我的那天，說人類爲什麼會害怕大自然那件事，對吧？」

我當然記得阿希的怪異言論，他甚至還認爲人類是外星人。

「對呀……妳在幹麼？快跟上來。」他回過頭看我。

「跟上去？你要進去樹林裡面？」

「妳看，人類害怕自然，馬上印證。」阿希彈指。

「我這是尊重自然，而且這麼晚了，我一個女生走進樹林裡很危險吧。」

「還有我啊，我不是男生嗎？」阿希說著，驀地恍然大悟，「難道妳是怕我？怕我帶給妳危險？」

「才不是，那是什麼奇怪的說法啦！」

「我會保護妳，不會讓妳遇到危險的。」阿希認眞地注視我，令我語塞，「快過來，我有東西要給妳看。」

我猶豫了一下，想起賀存恩。

此刻已經七點多，我卻跟另一個男生要往暗處去，是否不太應該？

我在意他和孫芫媛的關係，卻又和阿希獨處。

忽然，我想起賀存恩甚至不知道阿希的存在。

我正在做跟賀存恩一樣的事情嗎？還是我更加糟糕？

可是我和阿希之間並沒有什麼。

「小佟，妳到底要不要過來？」阿希又回過頭，雖然皺著眉、撇著嘴，語氣卻沒有一絲不耐。

沒事的，我心安理得。

因爲阿希是在我的「不可能區」。

我抬頭挺胸地邁開腳步，並下定決心之後要告訴賀存恩阿希的事。

我們沿著小徑往前走，阿希用手機的手電筒功能照著地面，不時叮囑我哪裡有凹洞、哪裡會滑等等。

「前面該不會有個什麼空曠的平臺，站在上面可以俯瞰遠處的夜景，然後你就會跟我說，看著那些縮得小小的建築物，相比之下人的煩惱也不過只有一丁點大之類的？」我開玩笑地說，阿希卻停下腳步，震驚地轉頭看我，我頓時也一驚，「猜對了？」

「不，當然不是，我逗妳的。」阿希咧嘴一笑，「這種場景妳從哪裡看來的，小說嗎？」

「不知道，腦中自然浮現的。」

「女人的腦袋眞可怕。」阿希聳肩，繼續前行。

「還是說等等會要我看天空，有一整片的星星？」我跟上他，又開始猜。

「現實沒有那麼浪漫，不會有夜景也不會有星空。」阿希打碎我的幻想。這樣也好，要是眞的有夜景和星星，那我可能就沒資格指責賀存恩了。

「那我們這樣一直走，是要走去……」

阿希比了個手勢，示意我安靜，另一隻手則放在自己的耳朵旁邊，用氣音說：「妳仔細聽。」

聽什麼？

阿希關閉手機的手電筒功能，眼前轉瞬陷入黑暗，一時之間什麼也看不見。我學著他的動作，把手放在耳朵旁，豎耳聆聽。

首先聽見的是像蟋蟀的蟲鳴聲，接下來好像是鳥叫聲，似乎有什麼小動物迅速跑過，踩著草地發出聲響。樹葉與青草被風吹得來回擺動，摩擦出不同於白天時所聽到的沙沙聲。

我閉上眼睛，那些細微的聲音變得更加明顯，彷彿連螞蟻爬過枯葉，或是蚯蚓鑽動土壤都能聽得一清二楚。

忽然，小爪子踩在泥土上的腳步聲傳來，伴隨著低低的哈氣聲，有什麼東西朝我們這邊而來。我睜開雙眼，往一旁的草叢看去，只見那裡有三雙發光的圓溜溜大眼。

剛才我還瞧不太清楚周遭，但此刻已經適應了黑暗，能確切地看出那三雙眼睛是三隻正在窺視我們的小狗。我大喜過望地蹲下身，朝牠們伸出手。

那些狗兒先往後退了一下，此時阿希也蹲到我身旁，牠們一瞧見阿希，立刻發出嗚嗚聲，搖著尾巴跑來。

三隻狗分別是白色、黑色，還有一隻只有腳是白色的。牠們爭先恐後地向阿希撒嬌，我驚訝地說：「這些是你養的狗嗎？」

「怎麼可能？是流浪狗，或者應該說是被人棄養的狗，不知道是誰把牠們丟在這。」阿希只用一隻手就把三隻小狗統統抱在懷中，「我喜歡夜晚的空氣，所以時常來這裡散步，結果就發現牠們了。要是沒有我，牠們一定會死的。」

他忿忿不平，我伸手摸著小狗，牠們溼溼的鼻子頂著我的掌心，舔了舔，「那牠們怎麼辦？總不可能一直待在這邊。」

「我想先幫牠們找找看主人，如果眞的找不到，就只能由我帶回家了。」

「總共有三隻耶，你家不是原本就有養狗了嗎？」我十分驚訝。

「是呀，可是能怎麼辦？是我發現牠們的。總不能給了牠們生存的希望後，又殘忍地毀掉吧？」阿希理所當然地說，將小狗放回地上，並從背包中拿出礦泉水和碗，

「任何事情只要開始做了，就必須盡力做到最好。」

我摸著其中一隻小狗的頭，阿希繼續說：「所以，如果妳決定相信男友，就好好地全心相信，如果妳要懷疑，就努力找出證據。還有，不要在別的男生面前哭。」

我愣了愣，抬眼看他，在這昏暗的樹林中，似乎只有他的身影特別清晰。他的雙眼如此明亮，目光溫柔，卻又隱約蘊藏著強烈的情感。

「但我們是不可能區……」我輕聲說，以爲他不會聽見。

「誰說的？」阿希歪頭，表情雖帶著戲謔，卻可以看出來他十分認眞。

我嚇得站起身，往後一退，小狗們在我的腳邊打轉。

「小佟，有時候也許妳認爲某個人是在不可能區，可是對方卻把妳放在了可能區，我和周似竹的情況正是如此。」阿希把礦泉水收回背包。

「這是什麼意思？」

「沒什麼意思。我只是要說，妳別再這個樣子了，不是所有男生都像我這麼正直，妳一個女孩子和不是男朋友的人來這種偏僻的地方，並非好事。」

「明明是你拉我過來的，現在卻怪我不夠謹慎？」我氣惱不已，「我自己回去就好，不需要你。」

我賭氣地轉身，就如面對賀存恩時一樣。原來我最擅長的是逃避嗎？然而阿希很快擋到我面前，「別幼稚了，這麼暗，時間又晚了，我怎麼可能讓妳自己一個人回去？」

我撇過臉不看他，狗兒似乎感受到了我們之間的不愉快，發出低低的嗚嗚聲。

「如果可以的話，幫我問問看有沒有人願意領養牠們。」說完，阿希彎腰與牠們道別，再度開啟手機的手電筒功能。

而我在他走出一段距離後，也彎腰摸了摸三隻小狗，才緩緩邁步跟上。

阿希那番沒頭沒腦的話令我很生氣，可是看著他的背影，我忽然覺得他好陌生，彷彿他不再是那個教我念書的家教老師，而是與我年齡相仿的同班同學。

「或許，他只是說出了妳心中不願面對的眞相，所以妳惱羞成怒了。」

寒假輔導開始，謝荏恩聽完我講述和阿希之間的事以後，馬上發表了高見。我白她一眼，要她別亂說話，她卻噘著嘴表示自己肯定沒有錯。

「賀存恩來了。」忽然，她壓低聲音，下一秒我便察覺身後有人。

「巫小佟。」自從那天吵架後，這是我們第一次見面。

「嗯。」因爲阿希的事，我莫名有些心虛，不過我決定今天要告訴他，順便問清楚他和孫芫媛的關係。

「我不打擾你們了。」謝荏恩說完就離開了。

賀存恩坐到剛才謝荏恩坐的那個位子上，幾天沒見，他似乎瘦了點，但也許只是我的錯覺。

「妳還在生氣嗎？」

我搖頭。

「說實在的，我眞的不知道妳爲什麼要生氣。」賀存恩悶聲說，「妳要我什麼都告訴妳，所以我說了，然後妳還是又生氣。」

「你眞的沒有喜歡孫芫媛？以前沒有，現在沒有，以後也不會有？」

「到底要我回答這個問題多少次？我都說了沒有，爲什麼妳們總是不相信我？」他十分不耐煩。

「因爲孫芫媛喜歡黏著你，而你也總是護著她，那樣的行爲要我們怎麼相信？」

「我們」，古牧然說過，也許我和賀存恩曾經交往過的那些女生不一樣，結果如今，我也變成「她們」了嗎？

「我和芫媛是青梅竹馬，這是不會改變的事實。」賀存恩提高聲音，教室裡有些人看了過來。

「這就是我最在意的地方，你們之間有我介入不了的因素，身爲女朋友，我怎麼可能不去擔心？萬一哪天，那個因素成了你們喜歡上對方的契機呢？」

「我說了我喜歡妳，妳和芫媛是完全不衝突的，我眞的不懂……」

「你知道我有一個家教老師吧？」我打斷賀存恩的話，「他是個大一的男生。」

「我以爲妳的家教老師是女生。」賀存恩瞪大眼睛，看到他的反應，我頓時有種得逞的快感。

「因爲年紀相仿，所以我們成了好朋友。」

「那很好啊。」賀存恩話中帶刺。

這下子，他終於明白我的感覺了吧？

「和你交往以前，我曾經跟他去過遊樂園，但不是只有我們單獨去，謝荏恩也在，當時是爲了幫他拒絕另一個女生的告白。」我簡略地告訴他。

「就是妳在IG上打卡那次？」賀存恩不可置信，「我以爲只有妳和謝荏恩！」

「一開始的確只有我跟謝荏恩，我們和老師是到最後才會合的。另外，上禮拜我們吵架後，我哭著跑回家，沒想到剛好遇見他。他發現我哭了，就帶我去散心。」

「那麼晚？你們單獨去？去了哪？做了什麼？」賀存恩起身抓住我的肩膀。

「沒做什麼，我跟他只是普通朋友。」我瞪著他，「你意識到了嗎？你這麼在意他，卻要我不要在意孫芫媛，這什麼雙重標準？」

「芫媛是我的青梅竹馬，我和她從小一起長大，但妳的家教老師是忽然冒出來的，根本不一樣！」賀存恩對我吼，聲音之大引起了班上所有同學的注意，他們全都停下手邊的動作。

「他是我的家教老師，我跟他也什麼都沒有！沒什麼不一樣！」我用力掙脫賀存恩的手，「而且我跟他之間沒有你和孫芫媛那種深刻的羈絆，所以更不需要擔心！」

「妳沒有，也許他有啊！」

「這句話我奉還給你！」

我們互不退讓，場面十分難堪。

「不要這樣。」出聲勸架的竟是不同班的古牧然。我看見羊子青和謝茬恩臉色發白地站在後頭，大概是謝茬恩去叫他們過來的。

「賀存恩，我的家教老師不是那種人，你不需要藉由汙衊他來加強你和孫芫媛的正當性。」

這句話太過分了，我知道。但正是因爲這句話很過分，我才故意這麼說。我太年輕，不知道如何處理這樣的事情，於是選擇了傷害。

拿刀刺傷別人，卻沒注意到自己同樣遍體鱗傷，最終落得兩敗俱傷。

「妳和家教老師才認識多久，就這麼幫他說話，那妳有想過我和芫媛認識了多久嗎？我們之間又發生過什麼？妳從來沒問過我爲什麼會袒護芫媛，只是一味地否定我和她的關係。」賀存恩的語氣充滿沮喪與失望。

「我沒問過嗎？你給我的答案是什麼？永遠都是『我們是青梅竹馬』、『我和她不可能』、『我喜歡的是妳』，我要聽的不是那些。」我的眼淚掉了下來，不過我很快擦去，不想讓他覺得我是想藉此博取同情。

「也許我們從一開始就沒溝通好。」賀存恩說完，拿起書包便走。

「存恩！」古牧然喊著，在追上去前看了我一眼，短短一瞬，卻明顯帶著責備。

我頹然跌坐在椅子上，謝茬恩和羊子青跑到我身邊，我無法克制地大哭起來。羊子青環抱住我，謝茬恩則喝斥大家別看，兩個人合力帶我離開教室。

賀存恩和我吵架的事，大概很快就會傳遍整個校園，在龐大的考試壓力之下，這絕對會是最棒的八卦。

「我是不是做錯了？但我認為我沒有錯啊！我是不是不該在意孫芃媛？但怎麼可能不在意？我一點也不瀟灑，一點也不……我跟阿希之間真的沒什麼……不，連我自己都說得很心虛，阿希的態度怪怪的，可是我不敢問，也不敢面對，結果我做了什麼……」我語無倫次，羊子青與謝茬恩都滿臉心疼，輕聲哄著我。

她們既沒有責備，也沒有出主意，只是溫柔地拍著我的背、摸著我的頭，等我稍微緩過來後，再把衛生紙遞給我。

這一整天的課，我不知道自己是怎麼度過的，賀存恩蹺課了，不知去了哪裡，古牧然跟著不見人影。那孫芃媛呢？她是不是也一起蹺課了？

我發瘋似的透過IG找出孫芃媛所有的朋友，甚至連其他同校的女生都不放過，試圖經由她們的IG動態得到任何消息。不過就算孫芃媛真的也蹺課了，又有誰會特地在IG上提起？

這樣下去實在太過難受，所以我決定想辦法轉換心情。我在白紙畫下樹林裡那三隻小狗的模樣，並附上阿希的聯絡電話，接著拿去影印。

放學後，我與羊子青和謝荏恩拿著十幾張自製傳單，往雲朵公園的方向走，沿途的布告欄都被我們貼上了傳單。

大概是出自於體貼，或是擔心會尷尬，班上的同學們並沒有問我和賀存恩怎麼了，只是偶爾投來好奇的目光，而眼下羊子青和謝荏恩也沒有再多問。她們聊著其他話題，幫我一起貼完傳單後，我們便買了可麗餅坐在雲朵公園裡吃。

吃完可麗餅要去搭公車時，羊子青晃了晃她手腕上那條代表友情的幸運繩，我和謝荏恩也做出同樣的動作。

「無論怎樣，我們都會在。」短短一句話，勝過千言萬語。

當我下公車時，竟看見賀存恩站在我家巷口。

他依舊穿著制服、背著書包，面無表情，站得直挺挺的，似乎氣還沒有全消。我緩緩走近，而他筆直朝我走來，抓住我的肩膀，以迅雷不及掩耳的速度將我壓在一旁的圍牆上。

我還沒意識到他要做什麼，他的唇已經貼上我的唇。

「我不要跟妳吵架。」這是我們的唇分開後，他對我說的第一句話。

「我也不想吵架啊！」我掉下眼淚，賀存恩一笑，再次吻上我，我熱烈地回擁他。

事後想想，我們還眞是大膽，就在我家巷口，有很大的機率被認識我的鄰居、甚至是我的家人撞見。

可是賀存恩那靦腆又害羞的模樣，使我把一切顧慮都拋到了腦後。

「妳知道你們這樣並沒有解決問題嗎？」

我與阿希分享了這件事，他卻皺著眉說。

「至少我們和好了。」

「眞懷念呀，這種青春的滋味。」阿希用手撐著臉頰，「你們用對彼此的感情，暫時壓過了那些該面對的現實，不過很快，你們又會爲同樣的事情吵架了。」

「你爲什麼老是要看衰我們？」

「我這不是看衰，而是告訴妳事實，問題並沒有消失啊，他的青梅竹馬的事，還有妳……」阿希搖頭嘆氣，「妳怎麼可以利用我，讓妳的男朋友吃醋？眞是過分。」

我內心一驚，「我、我哪有利用你，讓他吃醋……」

「有啊！話說回來，我高中時的確也是這樣，會對其他接近我女友的異性吃醋，但是現在根本不在意這種事了。每個人都有交異性朋友的權利，如果會因此就產生不該產生的情感，那只能說明你和對方之間的感情不過如此。」

「我們也才差兩歲而已，爲什麼你可以這麼豁達？」我十分不理解。

「可能是因爲我有個老靈魂吧。」阿希笑了，「在我準備考大學的那段時間，一個和我很親的堂哥自殺了。」

「啊……」我沒料到阿希會忽然說出他的過去。

「我一直無法理解他爲什麼要自殺，他的遺書裡只寫了『我終於從痛苦的人生裡解脫了』。所有親戚都不知道原因，他似乎沒生什麼重病，也沒有憂鬱症，爲什麼會這麼說、爲什麼會這麼做？」阿希將自修闔上，「大概就是從那時候開始，我看待事情的角度因此不同了。以前很在意的事、始終想不通的事，瞬間都豁然開朗，於是我決定隨心所欲，用最簡單的方式去面對一切。」

「最簡單的方式？」

「就是想要的就去爭取，如果爭取過了還是不能如願，就果斷地放棄。」阿希認眞地注視我，咧嘴一笑，從背包裡抽出一張考卷，「所以我出了一份很難的考卷，希望妳能好好寫完。」

「這跟你說的話有什麼關係啊！我不想寫……」我一邊喝水，一邊還是伸手接過考卷，但不知怎麼地杯口沒對準嘴巴，不小心灑了一身的水，連帶弄溼了考卷，「哇哇！」

「妳在幹麼？笨手笨腳的。」阿希趕緊抽了衛生紙給我，我一面擦著考卷和衣服，一面忍不住笑了。

忽然，阿希的手伸到我的臉頰邊，用拇指擦去了我嘴角的水珠。

話。

「妳說他親了妳，是吧？」

我不確定自己有沒有點頭，阿希的手指似乎在我的嘴角逗留了一會才離開。

氣氛忽然變得尷尬，我想起他在樹林裡所說的那些話，那些我想假裝不記得的話。

阿希靜靜地翻開自修，講解起題目，我的腦子裡卻轟轟作響，只能看著那張被水暈花了的自製試卷。

內心湧現許多疑問，包括阿希交過幾個女朋友，他念的是哪所高中，以及他現在的生活又是如何？

他教過幾個學生？年紀分別多大？男女比例呢？他也會幫他們出試卷嗎？

在那群學生裡，有他的「可能區」嗎？

我，是他的「可能區」嗎？

第十章

阿希說，我和賀存恩之間的問題並沒有解決，只是暫時用喜歡彼此的心情壓過了現實。

這個事實，我很快就感受到了。

我時不時會去偷看孫芫媛朋友們的IG，藉此觀察她的生活，她在朋友之間還滿受歡迎的，似乎是個好好小姐，和在我面前那嬌滴滴的公主形象完全不符。

這天在學校，我趁賀存恩不在教室時，習慣性地打開IG查看，看著看著，卻見到一張熟悉的臉。

那是賀存恩，他與孫芫媛以及孫芫媛的其他同學合照，背景看起來是在住家客廳，賀存恩笑得有些尷尬。

時間是兩天前，我頓時宛如五雷轟頂。

冷靜，冷靜。

我不能跟上次一樣，想都沒想地就和他大吵，我得沉住氣才行。

「妳要喝飲料嗎？」賀存恩把一罐蘋果汁放到我的桌上，我趕緊關掉手機螢幕。

「好啊。」

「妳在看什麼？臉色好難看。」他笑著蹲在我身旁。

「沒有，不小心看到靈異照片，嚇了一跳。」我驚訝於自己的反應如此之快。

「哈哈哈。」賀存恩絲毫沒察覺我在說謊。

結果這件事情和那張照片，有如魚刺一樣梗在我的喉嚨，不時隱隱作痛。

我更加瘋狂地沉溺在尋找他們的照片之中，每天睡前都會花上一個小時搜索，更是有空就點開IG瀏覽，最後甚至不在乎會不會被孫芫媛的同學們發現，連限時動態也點進去看。

期中考前，賀存恩問我要不要去他家念書，我立刻答應了。

雖然搭公車回家時，我們是在同一站下車，但他家和我家是位於相反的方向，從我家過去的話必須走上好一段路。

抵達賀存恩家所在的公寓時，我順口問了句：「古牧然和孫芫媛住在哪？」

「牧然在隔壁巷子，芫媛在同一棟。」賀存恩遲疑了一下，「更確切地說，是在我家對面。」

爲什麼沒有告訴我？

我在內心怒吼。

「喔，所以你們是鄰居。」

「是啊。芫媛是單親家庭，她媽媽工作很忙，時常不在家，所以對我們家來說，她就像女兒一樣。」

這個意思是，每天放學後，甚至每個假日，他們獨處的機會都非常多，連他的家人們也都認同她？

「喔，原來如此。」我壓抑著回應。

我痛恨自己內心那些負面又黑暗的想法，痛恨自己會感到嫉妒與憤怒，可是我要如何消化這些情緒？我該怎麼做、怎麼說，賀存恩才能跟孫芫媛徹底斷絕關係？

和賀存恩搭乘電梯來到五樓，我望著他們家對面的那扇藍色大門。孫芫媛此刻在那道門裡嗎？她放學了嗎？她是否就在貓眼後面注視著？

「我家現在沒有人在，進來吧。」賀存恩打開鐵門，映入眼簾的客廳和IG上那張照片的背景一樣。

七彩拼布沙發，白色桌子和窗臺邊的花瓶，全都一模一樣。照片裡，當時賀存恩和孫芫媛正是坐在那張沙發上，而孫芫媛的同學們則站在電視機前方。

我握緊雙拳，渾身發顫，我好想怒吼尖叫，好想抓著賀存恩質問，爲什麼她們會來你家？爲什麼你沒有告訴我？

但是這些怒吼統統只化成一句：「怎麼沒有看到傻冒？」

「我哥帶牠去散步了。對了，我哥最近好像撿到小狗，前幾天在和我爸媽商量，最後可能會由我們家收養。」賀存恩抓了下後頸，「我的房間在那邊，還是妳要在客廳念書？」

「去你的房間吧。」我沒辦法待在孫芫媛待過的地方，雖然孫芫媛一定也去過賀存恩的房間。

我腳上穿的，是否也是孫芫媛穿過的拖鞋？而我走過的路徑，孫芫媛也走過。是否有一天，賀存恩身邊的人終究會換成孫芫媛？

「妳坐這邊吧，要喝飲料嗎？啊，我哥好像有買甜點，我們偷偷吃掉吧，我去拿！」賀存恩將書包放到地上，隨手把口袋裡的手機也擱在桌上，興沖沖地離開房間。

我站在房間中央環顧四周，一旁是灰色的單人床，書櫃裡擺滿了漫畫，而另一邊則是電腦桌。

看著桌上的手機，我沒有猶豫太久，便一面注意著賀存恩的動靜，一面開啟了他的手機螢幕。賀存恩並未設置密碼，所以我很快打開LINE，立刻看見來自孫芫媛的未讀訊息。我不能夠讀取，只能透過聊天列表得知他們之間最新那則訊息的部分內容，沒想到一個不留神，竟不小心點開了聊天視窗。

心一橫，我將視窗畫面拉到最上方，發現他們聊天的頻率很高，幾乎天天，幾乎每個小時都有對話。

「我覺得考得好差。」

「妳怎麼可能會考得差？」

「因爲心情不好啊，而且你又交了女朋友。」

「妳不要每次我交女朋友就耍脾氣，害我們老是爲了妳吵架。」

「這表示那些女生都不適合你，都不相信你。」

「不要再亂講話了。」

「哼。對了，這個禮拜六雲朵公園好像有領養動物的活動。」

「好像是，我哥說要去，他有跟妳說那三隻狗的事嗎？」

「有啊，所以我原本想告訴他那邊有領養動物的活動。」

「他知道。」

「所以，你還在跟巫小佟交往？」

「我們會一直交往下去，不關妳的事啦！」

「怎麼會不關我的事，你忘記你答應過我的嗎？」

「？」

「你會一直陪在我身邊。永遠、永遠。所以我暫時把你借給其他女生，也沒有關係。」

「不要這麼無聊。」

「但那是你的承諾，你不記得了嗎？」

「記得。」

我渾身發顫，轉而點開賀存恩的IG，找到孫芫媛的帳號。她的IG裡有大量的校園生活照，以及出遊的照片，而絕大多數的照片裡頭，都有賀存恩。

從國小、國中到現在，賀存恩不曾在照片裡缺席過。對，他們是沒有親密的肢體接觸，可是她的生活充滿了賀存恩。

「要是我哥回來，看見我偷吃掉他的……」賀存恩開門進來，正好目睹我拿著他的手機，而我轉向他，覺得身體彷彿不是自己的，周遭的一切都像散沙一樣逐漸飄散，「妳爲什麼拿著我的手機？」

「爲什麼……你和孫芫媛，眞的沒有什麼嗎？那爲什麼有那麼多合照？爲什麼她會和朋友來你家？爲什麼她會說你答應要永遠陪著她？」我將手機螢幕朝向他，那是一張高一時的照片，穿著大文高中制服的賀存恩，以及身穿私立女中制服的孫芫媛，兩人面對面站著，她的雙手分別搭在他兩邊的肩膀上，嘟起嘴作勢親吻他的臉頰。

他們的臉上都沾了奶油，笑得燦爛，而正前方桌面的蛋糕上寫著「高一快樂」，背景是賀存恩家的客廳。

孫芫媛附上的文字寫著「升上高一了，古牧然沒來，所以我們自己慶祝」。

「妳爲什麼要偷看我的手機？」賀存恩冷著臉，將手裡的蛋糕往桌上一放，搶過手機。

「如果你沒有做虧心事，那還怕我看嗎？」

「我沒有做！可是妳不該偷看！妳侵犯了我的隱私！」賀存恩怒吼。

「你對我吼什麼？是你做錯事情，是你……」

「妳沒看到上面的日期嗎?高一剛開學都已經是多久之前的事了，那時候我甚至還不認識妳！」

「前兩天孫芫媛和她朋友來你家，你也沒告訴我啊！」

「妳連那個都看到了？」賀存恩不敢置信，「芫媛的朋友去她家玩，然後她們過來按我家電鈴，難道我能不開門？」

「對！你不能，你就是不能！」

「拜託，我哥當時也在，我們不是單獨見面，而且她們一下子就離開了，這種事情也要跟妳講？」

「就是要跟我講，任何事情都該告訴我！」我吼回去，用力推著賀存恩。

「我已經把事情都說出來了，妳不要無理取鬧，也不要侵犯我的隱私，更不要那麼可怕！」他握住我的手腕，阻止我的動作。

「可怕？」我抬頭，「如果是爲了讓我能有安全感，那麼你的隱私一點也不重要。」

賀存恩愕然，「妳聽聽妳自己說的話，如果妳這麼不相信我，那我們有什麼在一起的必要？」

「你要跟我分手？」

「我不想，但如果妳一直爲了同樣的事和我吵，那我們就只能這麼做。」

「在我和孫芫媛之間，你選了孫芫媛？」

「這不是選不選擇的問題，我說過了，芫媛很特別，她不一樣，可是我對她的感情不是愛情，因爲……」

我往後退，用力推開他，「那就分手吧。」

如果他們無法切斷關係，那我唯一能做的就是離開。

我痛恨自己老是疑神疑鬼，厭惡自己花許多時間想透過那些照片找答案，卻無法從最親近的人口中問出自己最想聽的話。

所以我們只能這樣嗎？將彼此傷害得體無完膚，最後難堪地收場。

我拿起書包往外跑，一面哭個不停，賀存恩沒有追來，他從來都沒有追來過。

「巫小佟！」意料之外的聲音把我喊住，牽著一隻黑狗的阿希站在對面，一臉興奮。

看見我臉上表情的瞬間，他愣住了，接著迅速跑過來，他身旁的黑狗也對著我叫。

「妳怎麼了？發生什麼事了嗎？」他上下打量我，雙手分別抓住我的雙臂，「遇到壞人？還是怎樣？不要哭，巫小佟。」

「我、我和他……分手了……」一把這句話說出口，我的內心彷彿遭到千刀萬剮，可怕的夢魘頓時成爲現實。

阿希聞言，馬上拉著我往一旁走，又忽然停下來，「我家就在這附近，我帶妳去我家好嗎？」

我的視線一片模糊，拚命搖頭，「我不該在你面前哭，我……」我想抽回手，然而阿希不肯放開。

「對，妳是不該。但既然我看到了，就不會不管。」阿希轉往另一個方向，帶我來到公園，正是我和賀存恩時常一起去遛狗、散步的那座公園。他讓黑狗在小廣場裡自由地奔跑，自己則與我坐在一旁的長椅上。

跟之前在雲朵公園安慰我時一樣，他從背包裡拿出運動飲料，順道在一旁放了溼紙巾，「妳要告訴我是怎麼回事嗎？」

我先是搖頭，直覺地認爲這樣不好，不過很快我便再也止不住眼淚。阿希沒有說話，就這麼默默地陪著我。

期間，阿希倒了幾次水給黑狗喝，最終連黑狗都跑累了，返回我腳邊休息。

「牠很喜歡妳。」阿希有些訝異，「牠不太黏人的。」

「可能我身上有波波的味道吧。」我伸手摸了摸黑狗，這才注意到黑狗穿了鞋子，「你還幫牠穿鞋呀。」

「嗯，不然牠老是故意去踩泥巴，穿上鞋子腳才不會弄髒。」

「動物不會喜歡穿鞋的吧，會有異物感。」

「我想牠已經習慣了。」阿希邊說邊摸著黑狗的背，我想到賀存恩家的傻冒也是黑狗。

「牠叫什麼名……」我轉頭看阿希，發現他正凝視著我。

「所以是因爲青梅竹馬的關係嗎？」他問起我跟賀存恩分手的原因，而我無法否認，「他偷吃了？還是妳受不了他們之間的曖昧互動？」

「我不知道，我只是很在意，在意得不得了。」我緊握著放在膝蓋上的手，「他在我與青梅竹馬之間，選擇了她。他說我不該不顧他的隱私，去偷看他的手機，可是我在意啊！不想要我看，就別讓我不安！」結果，我還是把所有事情都說了出來。

阿希點著頭，與往常不同，他並沒有發表任何意見，而是彎腰靜靜撫摸黑狗。

「你也覺得是我的錯嗎？」我問他。

「這種事情很難判定對錯，他不該讓妳不安，妳也不該看他的訊息，這是互相的。不過既然你們都分手了，那麼就這樣吧。」他拿出自己的手機點開訊息功能，然後遞給我。

「幹什麼？」

「給妳看啊。」

「你是在酸我嗎？我平常不是會偷看別人訊息的……」

「不是，妳和前男友的事都已經結束了。」在阿希口中，賀存恩從男友變成了前男友，這令我內心一揪。

我接過他的手機，畫面上是一則簡訊的內容，我先是一愣，接著倒抽一口氣，而身旁的阿希微笑著。

「天啊，阿希，這……」

「小佟，沒想到妳會爲了我這麼做。」阿希開心地說。

原來，有人看見了我貼的傳單，於是傳訊息跟阿希聯絡，但因爲我沒告訴阿希這件事，所以一開始他還以爲是詐騙，直到對方拍下我貼在布告欄的傳單傳給他，阿希才認出我的字跡。

「對方有意願同時領養三隻小狗，眞是太好了。小佟，謝謝妳，謝謝妳爲我做了這樣的事。」

「我不是爲了你，是爲了牠們。」面對阿希直率的道謝，我一時沒能大方接受，有些彆扭與害羞。

「不管怎樣，謝謝妳。」阿希笑容溫和，「雖然我本來就決定，無論妳有沒有男朋友，總有一天都要告訴妳……」

「不要。」我用力搖頭，把手機塞回他手裡，「不要說，阿希！」

「我想也是，妳早就察覺了，對吧？」阿希將手機放回口袋，「逃避是妳的壞習慣呢，小佟。」

我想要起身，可是黑狗擋住了我，牠搖著尾巴舔了下我的腳踝。

「阿希，我才剛和他分手……」

「所以這是最好的時機。」阿希拉住我的手，不讓我逃。此刻，他毫無保留地表現出他的那份強勢，「即使我可能會失去當妳的家教的資格，不過我早就決定無論遇到什麼狀況都不再壓抑自己。」

「我……」

「巫小佟。」阿希那一向游刃有餘的表情，終於出現了一絲絲波瀾，「我喜歡妳。就算妳從來沒把我放在可能區，但一直以來，打從我第一次見到妳開始，妳就不是在不可能區。」

「你……」我被阿希的直白嚇得說不出話，並感覺自己雙頰發熱，「你真的失去當家教的資格了……」

「是啊，從一開始就失去資格了。」

我看著傻笑的阿希，即便如此，他還是認真地幫我考慮著和賀存恩之間的事，他不是壞人。

「謝謝你，阿希。」在賀存恩選擇了孫芃媛之後，我真的很高興能聽見有人說喜歡我，這讓我知道自己並不是次等品，並不是只能被選擇的。

「好啦，如果心情好些了，就快點回家吧。」阿希拉了拉牽繩，「我送妳。」

「沒關係，我家很近……」

「我才剛跟妳告白完，就讓妳自己回家不太好吧？無論如何，妳安全到家比較重要。」阿希的耳根居然紅了起來。

「那就……」我頓時也有點不好意思。

跟在阿希後頭，望著他的背影，我總覺得像這樣注視著他的背影好幾次了，我們之間也有過好幾次這樣的尷尬了。

是從什麼時候開始的？是去那三隻小狗所在的樹林時？還是在遊樂園時？或者是在更早的時候，遠在我和賀存恩交往之前？

當我忽然意識到，也許阿希一直以來都不是在「不可能區」的瞬間，似乎也不再有資格批評賀存恩與孫芫媛的關係了。

✦

我和賀存恩分手的事傳遍全校，而期中考就在這種狀況下結束了。這次我的成績比先前更好，為此我不自覺地泛起微笑，但賀存恩卻失常了。

不過所謂的失常，也只是從九十幾分變成八十幾分。

「妳確定你們有好好談過？」謝茬恩忍不住幫賀存恩說話。

「不需要再談什麼了，他選擇的就是孫芫媛。」再深究下去，我只會更受傷。

「這樣啊……」謝茬恩呑呑吐吐的，「今天考完試，我們去雲朵公園走走如何？那裡最近有賣小雞造型蛋糕的攤販，攤位前還特別擺了可愛的桌椅喔。」

「好啊。」今天不是上家教課的日子，所以我答應了。或許可以藉著這個機會，把阿希向我告白的事告訴謝茬恩。

放學後，我們漫步到雲朵公園，我原本要找羊子青一起去，謝茬恩卻說，偶爾只有我們兩個人約會也不錯。她會這麼說實在很難得，結果到了公園後，我才明白是怎麼一回事。

賀存恩坐在賣小雞蛋糕的攤位前，面前的桌上已經放了一塊蛋糕與兩杯飲料。我立刻回頭瞪謝荏恩，她連忙向我賠罪，「我覺得你們要好好談一下啦，賀存恩他哀求我一定要幫忙約妳出來，看起來超可憐的，我眞的不知道該怎麼拒絕，妳就原諒我吧！」

說完，她轉身跑走，留下我和賀存恩，而他站起身，「小佟，坐吧。」

我握著拳頭，轉過來看他。我明明很喜歡他的，以前是，現在大概也是，可是爲什麼他的臉好陌生？讓我覺得自己好像不認識他一樣。

還有，爲什麼我的腦中會一直浮現阿希耳根泛紅的模樣？

「我不想分手。」他凝視著我，眼神哀傷，「我原本答應過芫媛，對誰都不會說，事實上我也從來沒說過。但是……但是我不想跟妳分手……」

我心軟了，拉開椅子坐了下來。

見到我的舉動，他露出驚喜的表情，繼續說下去：「我和芫媛從小認識，她非常黏我，我也沒辦法丟下她，這些妳都知道。我哥和牧然也都是芫媛的青梅竹馬，爲什麼只有我和她這麼親近？那是因爲……其實連他們也不曉得……」

賀存恩說，在他們八歲左右的那年，有一天他跟孫芫媛兩人在公園玩，調皮的他硬要爬上樹，孫芫媛叫他別上去，然而他不聽勸，甚至還慫恿孫芫媛一起爬樹，並表示如果她不爬上去就是膽小鬼，以後他和古牧然就不會跟她玩了。

孫芫媛小時候因爲長相可愛，常被其他女生排擠，於是導致她很喜歡黏著賀存恩和古牧然。她深怕失去這兩位青梅竹馬的朋友，所以眞的硬著頭皮爬上了樹。

下場就是，她從樹上摔了下來，血流如注。當下賀存恩害怕被責罵，因此逃開了，既沒有去找大人來幫忙，也沒有上前查看孫芫媛的傷勢，便這麼逃回家。

他以爲孫芫媛死了，躲在房間內發抖了一整個晚上，當孫芫媛的媽媽來按電鈴，問他們有沒有見到孫芫媛時，賀存恩還下意識撒了謊。

所有人都出去找孫芫媛，而賀存恩怕到不敢再次接近那座公園，連他哥哥要去那座公園尋找時，他都刻意引導哥哥遠離公園。

最後，孫芫媛是在醫院被發現的。

原來，有位去公園遛狗的民眾剛好經過，看見滿頭是血的她倒在那裡，馬上叫了救護車，幸好經過搶救後並無大礙。但因爲頭皮撕裂傷較嚴重，所以孫芫媛的頭頂上永遠有一塊不小的區域長不出頭髮。

當時賀存恩在診間大哭，大家都以爲他是心疼孫芫媛，只有他自己知道，他是因爲內疚與自責，他恨自己選擇了逃跑。

想不到孫芫媛醒來後，卻沒有說出賀存恩的事情。

「因爲我想到樹上看看風景，結果在爬樹時就不小心摔下來了。」

「妳自己一個人？」

「對，我自己一個人。」

賀存恩傻住了，可是他也沒勇氣承認。

孫芫媛對著他淡淡一笑。

於是，這件事成爲他們之間的祕密，也成爲賀存恩的枷鎖，更成爲他需要用一輩子償還的錯誤。

「我害她頭上留下了那樣的傷疤，甚至差點害死她，如果沒有人發現，她一定就會那樣死掉，或者留下更嚴重的後遺症，這是我欠芫媛的，我一輩子都還不了。」賀存恩抓著頭髮，五指陷入髮絲之間，「我不說，是出於罪惡感。在這種情況下，我能丟下她嗎？」

我啞口無言，無論如何也料不到眞相會是如此。

那不就表示，賀存恩永遠離不開她？她和他都認爲這件事要永遠糾纏著他們，他要負責，她要他陪伴。

「難道你沒想過把一切都告訴大家？」

「不可能，我不會說的。」賀存恩斷然拒絕。

「那即使我們復合，情況也不會改變，對吧？」

「對，不會改變。」賀存恩痛苦地看著我，「芫媛會一直在我身邊。」

我忍不住笑了起來。這是要逼迫我嗎？復合，就得接受她的存在，他們並非彼此相愛，卻也無法分開。

我切開眼前的蛋糕，塞了一口到嘴裡，明明該是甜膩的，但我只感受到苦澀。

「對不起，賀存恩，也許我對你的喜歡，沒有強烈到能包容你的愧疚，你對我的喜歡，也沒有強烈到能讓你有勇氣離開你的愧疚。」說完，我轉身離去，這才是最好的答案。

第十一章

「以題型來說，這本應該能針對妳的弱點加強，不過以題目的多元性來說，我會建議選這本。」阿希爲我分析每本參考書的優缺點，而我心不在焉地環顧著偌大的書店。

「所以買這本吧，如何？」阿希詢問我的意見，我嘖了聲。

「你是家教老師耶，應該由你來決定吧。」我來到樓梯邊，拿出手機拍攝，這間書店有一片壯觀的書牆，此刻正有人站在書牆前拍照。

「妳也要去那裡拍張照嗎？」阿希湊到我身邊，指了指前方。

「當然要。」我用力點頭。

「我就知道。」他滿意地笑了。難道是因爲知道我會想拍，所以才帶我來這？說到底，買參考書這種事，身爲家教的他應該早就熟門熟路了，找我一起來做什麼呢？

想到這裡，我突然紅了臉。是我猜測的那樣嗎？所以他才會約我來？

「好了，快過去。」書牆前的位置空了出來，他拍了下我的肩膀，示意我趕緊把握機會。

站到書牆前方，面對拿著手機的阿希，我一時之間好像忘了該怎麼擺動作。

結果，拍出來的表情超級尷尬，甚至還被拍到了一張瞇眼照，阿希因此笑個不停。

「哪有人這樣笑喜歡的人啦！」我忍不住脫口埋怨。怎麼阿希在我面前都完全不會害羞？

但話一出口，我就後悔了。阿希瞬間露出喜悅的表情，雙眼彷彿亮了起來，「我就是這樣，喜歡對方就是喜歡最自然的模樣，無論是怎樣的妳，我都覺得很有趣。」

「有趣……應該要說可愛吧。」

「是有趣，超有趣的。」阿希哈哈笑著。

本來應該是要感到難爲情或彆扭的狀況，卻被他輕鬆自然的態度給帶過去了。這樣也好。

距離期末考還有一段時間，阿希已經開始幫我複習以前的課程，同時一邊指導我準備明年的學測。而我與賀存恩並沒有交惡，在教室裡，我們還是會說話，不過當然不如以往那般熱絡。

班上沒有人多問，或許是因爲我們都散發出一種讓人不敢打探的氣場。即使和賀存恩退回朋友關係了，我依舊不時會去看一下孫芫媛的IG，她現在已經毫不避諱地將帳號設爲公開，更是發了許多賀存恩的照片。

若說這麼快就沒感覺了，肯定是騙人的，可是我的心卻沒有以前那麼煎熬。眞是奇怪，只是關係不同了，好像有很多事情也跟著不同了。

有很大一部分的原因，大概是由於有阿希陪伴著我，才讓我能逐漸釋懷。人心真的這麼容易就會改變嗎？或者隨著時間流逝，這些改變都是必然的？

我與阿希漫步在書店中，彼此之間沒有多餘的交談，甚至沒有走在一起，但這種靜謐的自在，頓時讓我想起那晚在樹林的時光，書店也許就像是人類在社會裡創造出的一片自然。我想和阿希分享這突如其來的感觸，所以在書店內找起了他，走過一排又一排的書架，從文學區來到了唱片區，又從文具區來到了文創商品區，都沒瞧見阿希的身影。

但就在我回過頭時，突然發現阿希站在兩排書架後方，正專注地讀著一本書。奇怪的是，我並沒有喊他，也沒有移動，阿希卻抬起眼，在與我對上目光時露出微笑。

眾裡尋他千百度

驀然回首

那人卻在燈火闌珊處

辛棄疾〈青玉案．元夕〉

我的腦中倏地浮現這首詞，阿希放下書本朝我走來，嘴巴一張一闔地說了些什麼，我都沒聽進去，只覺得他整個人看起來完全不一樣了。

「書店是人類社會裡的自然？哇，妳是念書念到發瘋了嗎？又是社會又是自然的，但社會跟自然應該是國小的科目喔。」阿希調侃我。

「少胡說了，你不認為我的看法很貼切嗎？」

待在書店裡頭，彷彿能輕易度過一整個下午，翻動書頁時的聲音，以及紙本書特有的香氣，在在都令人沉迷。當指尖撫過每本書的封面，感受著一本書必須經過多少人的手，才能夠誕生下來，並被放在書架上時，那種氛圍美得讓人忘卻了時間的流逝。

「和在圖書館裡的感覺完全不一樣對吧？」阿希托著腮，沉靜地看我。

「是啊，完全不一樣。」我避開他的目光。

「好，我們去結帳吧。」察覺到我的閃躲，阿希乾脆地拿著參考書去結帳。

我微微鬆了一口氣，這個短暫的會面差不多花了一個小時，是個很剛好、不會引人遐想的時間長度。

離開書店，我正準備說要回家時，阿希卻把手機遞給我看，「這家咖啡廳就在附近而已，剛好也中午了，一起吃完飯再回去吧。」

「這……」我猶豫。

「總是要吃飯的吧，而且現在有做促銷，兩人同行又點套餐的話，就會送公仔喔。」他給我看了幾張別人在這間店打卡的照片，只見空間十分整潔漂亮，餐點擺盤富有巧思，看起來也很美味，況且距離眞的不遠，就在隔壁的巷子。

可是阿希才剛跟我告白沒多久，我也才剛和賀存恩分手沒多久，這樣子好嗎？

「走吧。」阿希轉身朝咖啡廳的方向走，我幾乎是下意識地跟上。咖啡廳門口排了長長的隊伍，我既鬆了一口氣，又覺得有些可惜。

「我有訂位，姓賀。」沒想到阿希卻向接待員這麼說。對了，阿希也姓賀，媽媽好像喊過他「賀老師」？我還來不及細想，便被領著來到座位，我驚訝地看著阿希，而他不懷好意地笑，「怎麼了？我早就先安排好了。」

「你甚至不確定我會不會來。」

「怎麼會不確定？一定要吃飯的啊。」阿希笑得奸詐，我卻沒辦法生氣。

雖然有種被算計的感覺，但這家咖啡廳的裝潢實在非常可愛，天花板有乾燥花與雲朵造型的裝飾，牆壁漆成水藍，而桌子是清一色的純白，椅子則有著繽紛的色彩。

點完餐，我拿著手機四處拍照，最後停在花牆前，想在這邊拍幾張獨照，又不好意思去叫阿希。這時候，阿希忽然站起身走過來，接過我的手機便要我擺好姿勢。

「你怎麼知道我想拍？」

「妳有什麼事情是我猜不到的？」阿希一笑，很快幫我拍了好幾張，不得不說，他拍照的技術真的不錯。

「一般都說，一個男人如果很會拍照的話，肯定是經過了好幾個女人的訓練。」我故意調侃他。

「妳是想說我交過很多女朋友？」阿希聞言挑眉，「說不定真的是這樣喔。」

「嗄？眞的假的？」我被唬得一愣一愣，還莫名有點吃味，見到我的反應，阿希忍不住一笑。

「要不要幫兩位拍一張呢？」服務生過來詢問，我正要拒絕，阿希卻乾脆地把我的手機交給她。

「麻煩妳了。」

「阿希！」我喊了一聲，但阿希只是拉著我來到花牆前。

「來，一、二、三……」服務員幫我們拍了兩張照片，直式和橫式各一張。雖然花不到幾秒鐘，可是我不知道該怎麼擺動作，最後只比了個V字手勢。

阿希滿意地將我們的合照傳給他自己，連帶把我的獨照也一起傳過去。

「幹麼啦！」我覺得怪彆扭的，「阿希，你臉皮挺厚的耶。」

「是啊，臉皮厚一點才好。如果妳眞的討厭我，或是把我歸類在不可能區，妳會直接拒絕我，不會這樣半推半就。」阿希的話一針見血，「所以我如果不厚臉皮些，就等於是浪費機會了。」

「也許是因爲你是家教老師，所以我才沒辦法拒絕。」

「那更容易啦，妳跟妳媽說一聲要fire我就好，妳現在成績進步這麼多，絕對可以成功的。」他說完還對我豎起大拇指。

「阿希，我眞搞不懂你，你到底是太有自信，還是其實沒有很喜歡我？」我的疑問顯然讓阿希有些詫異，我趕緊又說：「抱歉，我太自以爲……」

「不，妳會覺得我的態度輕浮，看起來似乎沒有那麼喜歡妳，這點我能理解。但我是眞的喜歡妳，只是我不會表現得患得患失。我比較豁達地認爲，我已經努力追求過我想要的，所以最後若眞的無能爲力，也要灑脫一些。」

阿希之前說過，經歷堂哥自殺的事件後，他對人生的想法都不同了。

「那如果我也能豁達一點看待前男友和青梅竹馬之間的關係，是不是就能和他走得長遠些？」

「豁達和逞強是不一樣的。」阿希搖頭。

「要怎麼知道我是豁達還是逞強？」

「只要妳內心有一絲不愉快，那就是逞強。」阿希摸著下巴，「況且，任何事情都是有得選擇的，妳的前男友也有得選擇，可惜他不願意。」

「也許我只是不甘心，他爲什麼不是選擇我……」我嘆氣，不過已經不會想掉眼淚了。

「人活在這世上本來就不可能事事如意，妳就別苛求自己了。」阿希說得如此篤定，讓我不知不覺被說服，不再那麼不安與自卑。

吃完飯後，阿希提議去爬象山，又是一副肯定我不會拒絕的樣子，而我也點頭答應了。

「我原本在想，如果妳拒絕的話，我就說吃完飯要運動一下，這樣才不會發胖。」

這個說法看似很合理，不過……

「吃完飯馬上運動會胃下垂吧。」

「那我就會說，是慢慢爬，幫助消化。總之，我怎樣都有理由可以拿來說服妳的。」阿希胸有成竹，我眞是敗給他了。

於是，我們沿著象山的健行步道，一路穿越住宅區及上坡路段，來到登山口前。阿希綁緊了鞋帶，對我精神喊話，像是要去征服玉山一樣誇張。

象山算是好爬的山，一路上我們遇見不少登山客，還有外國觀光客。沿著階梯來到第一處平臺後，阿希查看著地圖，我則用手機拍下俯瞰臺北的美景。

「很漂亮吧？白天的景色也別有一番美感。」阿希說。

「是啊。」忽然，我有個疑問，「你來過嗎？」

「來過，和幾個大學同學，不是和前女友。」

我的手機差點滑落，「我不是這個意思。」

「嗯，我也只是想澄清。」阿希又揚起那彷彿洞悉一切的微笑。好吧，或許我潛意識裡的確是好奇這一點。

「繼續沿著這條路上去會看見六巨石，到那裡再決定要不要折返好嗎？」

「好啊。」正打算往前走時，有隻大黑狗正好從步道爬上來。阿希一見到牠便想逗弄，先是試探性地蹲下來，看看大黑狗的反應，而大黑狗溫馴地靠近他，似乎挺親人的，毛色也相當漂亮有光澤，看樣子可能有人飼養。

大黑狗讓阿希摸了兩下後便往山上走，卻很有靈性地停在轉彎處，回過頭望著我們。

「牠是要我們跟上嗎？」我驚奇地問。

「看樣子是。」阿希雀躍起來。

我們跟在大黑狗身後，牠總是先一馬當先衝得很快，但跑出一段距離後又會停下來看我們，等我們跟上後再接著向前跑。

「該不會我們早就迷路了，牠是山神派來救我們的吧？」阿希開玩笑地說。

「附近還有這麼多登山客，哪可能迷路啦。」

大概是因爲心思都放在大黑狗身上，不知不覺間我們已經來到六巨石所在處，有幾位看起來經驗老道的登山客一瞧見大黑狗，就開心地向牠打招呼。

大黑狗汪了聲，像是在跟我們道別，然後和其他登山客一起往更高處邁進。

「老樣子。」目送大黑狗離開，阿希轉過來，正要朝我開口，我立刻把手機遞給他。

「幫我拍照吧。」我微笑。

「那當然！」阿希十分樂意。

也許是阿希的態度改變了我，又也許是眼前的美景讓我開闊了眼界，我頓時覺得自己小心翼翼、扭扭捏捏的，反而更像此地無銀三百兩，還不如大大方方的。無論未來和阿希會變成什麼樣的關係，此時此刻，我都不需要如此顧慮。

我小心地爬上六巨石，在阿希的指示下拍了一張以臺北一〇一爲背景的背影照，襯著藍天白雲，畫面美極了。

可能是拍出來的效果太好，阿希說他也要拍一張，並且要求一模一樣的取景。就在我調整好角度，即將拍下時，阿希忽然回過頭比了V字手勢。

「啊，我拍了。」我皺眉，「你不是要拍背影照嗎？」

「不，我就是要這種的。」他開心地從巨石上下來，滿意地看著照片，「我要上傳。」

「你也有在用IG？」

「當然，這不是年輕人必備嗎？」

「那……」我原本想提議互相追蹤，可是話還是梗在喉間。看來我距離完全的坦蕩蕩還差得遠了。

我搖搖頭，靜靜地和阿希走過六巨石，也上傳了一張他幫我拍的照片到IG，接著我們繞到前方的攝影平臺，又多拍了幾張照片才折返。

由於時間的關係，我想下山後阿希多半又會約我一起吃晚餐。但出乎意料的是，阿希居然徑直走到白色機車旁，幫我戴上安全帽後，便送我回到我家巷口。

奇怪，已經五點多了，一般來說不都會問一下要不要一起吃飯嗎？應該是說，阿希一定會問的，難道我剛才有表現出自己不想吃晚餐的樣子？還是因爲中午已經一起吃過了，所以這次就直接回家？

我從後座下來，卻遲遲沒拿下安全帽。怎麼辦，我該問嗎？一直以來都是阿希約我，是不是該換我約他了？今天一整天也幾乎都是阿希出錢，於情於理，我好像都該回請他，更何況他還教我功課、充當我的戀愛軍師，甚至聽我抱怨……

「噗——」阿希忽然噴笑出聲，我驚訝地看著他，發現他摀著臉、抱著肚子，笑到渾身抖個不停，「對不起，我眞的忍不住了，哈哈哈哈哈！」

我漲紅了臉，抬手就要打他，但阿希抓住了我的手腕，「妳在煩惱，爲什麼我沒約妳吃晚餐嗎？」

「你……你！」我說不出話，只感覺面頰逐漸發燙。

「巫小佟，妳怎麼會這麼可愛呢？」

「你故意的嗎？」我咬牙切齒。看我煩惱很有趣嗎？

「我只是想知道，妳會不會想跟我多待一會。」他的語調極其溫柔，「我當然有訂餐廳，不過如果妳就這麼回家了，那我就取消訂位，之後也不會提起。」

「這……」我咬著下唇。怎麼事情的發展好像都照著阿希的計畫走？

「我很開心，眞的，這表示我並不是一廂情願。」他柔聲說，被他碰觸到的地方彷佛火燒一般炙熱。

我並不是接受你了，我才剛和別人分手，不能那麼快喜歡上下一個人的。

可若要用這個理由來拒絕他，我連我自己都說服不了。

「可能區……」

「什麼？」阿希神情疑惑。

「可能區。」我抬頭注視他，握緊的拳頭裡全是汗水，「你是可能區。」

阿希張大嘴，更加用力地握住我的手腕，「妳確定？」

他慌張的模樣讓我感到十分新鮮，我不自覺地笑了起來，點點頭，另一手摸摸肚子，「現在，我們可以去吃飯了嗎？」

「好哇！當然沒問題！」阿希鬆開我的手，笑得燦爛無比。

於是我們坐回機車上，阿希難掩興奮，甚至低低歡呼了一聲，「我家附近有一間超好吃的日式定食，我常和我弟還有青梅竹馬的妹妹一起去，妳吃過也絕對會愛上的。」

他將機車停在住宅區附近的一家日式定食店門前，裡頭高朋滿座，而我發現這裡離賀存恩的家很近。如果好巧不巧遇見了賀存恩，我該怎麼解釋這狀況？

我正想開口，拿下安全帽的阿希卻已經開始熱切地和我說這家店的炸豬排有多好吃、咖哩有多濃郁，於是，我忽然又覺得不重要了。

「對了，阿希。」我將安全帽遞給他，鼓足勇氣開口，「你的IG帳號是什麼？」

「喔？我以爲妳不會問，還打算送妳回家時再問妳呢。」阿希把安全帽放進機車的置物箱，抽起車鑰匙，一邊念出他的帳號。

我輸入帳號搜尋，找到了他的頭像，點進去按下追蹤，隨即瞪大了眼睛，傻愣地看著個人頁面顯示的名字——

賀存希。

「阿希，你……」我驚愕地開口，阿希的視線卻越過我，朝我後頭招手。

「哥！你果然來了，我剛才打電話問老闆還有沒有空位，他說你今天有訂位，正巧我們兩個訂不到位子，所以就一起吃吧！」

「阿希，你在約會嗎？」

兩道熟悉到不能再熟悉的聲音從後頭傳來。有這麼巧的事？有這麼糟糕的事？

「啊，我跟你們說過的，我的家教學生。」阿希拍了拍我，我的腳像是原地生根了一般，無法動彈。

「喔，就是你說你喜歡的那個……」賀存恩走到我身後，停下腳步，「小佟？」

「你們認識？」阿希驚呼。

我鐵青著臉轉過身，看見賀存恩和孫芫媛在一起。在多少個我不知道的夜晚，他們也曾像今天這樣一起出來吃飯嗎？

「什麼啊？巫小佟是阿希你的家教學生？這是怎麼回事？巫小佟，妳是兄弟倆都要攪和一下嗎？」孫芫媛毫不掩飾她的嫌棄。

「我不知道你們是兄弟……」我囁嚅地說，我從來不知道阿希的本名。

但我是白痴嗎？阿希也姓賀，而賀又不是常見的姓氏。還有，阿希也有青梅竹馬，我甚至還見過阿希帶黑狗散步，卻完全沒有把賀存恩的傻冒和阿希的黑狗聯想在一起！

世界上眞有這種誇張的巧合？

「怎麼回事……難道存恩，你就是小佟的前男友？」

「所以你是她的家教老師？」

兄弟倆顯然都不敢置信，瞬間氣氛丕變，空氣中的溫度彷彿降至冰點。

「巫小佟，妳還眞是不要臉，和弟弟分手了，就找上哥哥嗎？」孫芫媛站到我面前，抬手就要賞我一巴掌。我雖然明白她想做什麼，卻因爲太過震驚而無法動彈。

「芫媛，妳想幹麼？」一隻強而有力的手抓住了孫芫媛的手腕，阿希沉著臉，「小佟口中的青梅竹馬是妳，而前男友就是你吧？」

「看樣子是。」賀存恩的眼神變得凌厲，「巫小佟，妳口口聲聲說我和芫媛的關係曖昧，但妳和我哥其實更早之前就認識了吧？你們是不是也一起去過很多地方？你們的關係也曖昧不明啊！」

我拚命搖頭，「我沒有，我……」

「妳就是有！我就說巫小佟這個女人不行！放開我啦，阿希！」孫芫媛甩開阿希的手，回到賀存恩身旁，「我們聽阿希說了很多家教學生的事，沒想到就是妳。妳還眞是厲害呀，對他們兄弟玩兩面手法，然後把自己裝成受害者！」

「我沒有，我發誓我眞的不知道，我不知道他們——」

「妳自己根本沒好到哪裡去，怎麼好意思說我？至少我和芫媛是眞的清白，可是你們呢？」賀存恩大吼，指著我和阿希。

「你們清白？你能保證從沒在和我交往的時候，跟她兩個人單獨吃飯？單獨念書？單獨出遊？互相去對方的家？」我也吼了出來，淚水連帶落下。

「那不一樣，我們是青梅竹馬啊！」又來了，賀存恩永遠都是這句話。「青梅竹馬」，那是他的免死金牌。

「阿希也是我的家教老師，我和阿希……」

「那妳能保證妳對我哥完全沒有好感嗎？」

賀存恩這句話徹底堵住了我的嘴，一瞬間我完全不曉得該怎麼回答。

「哈！妳說不出話來了對吧？腳踏兩條船，妳才是最糟糕的！」孫芫媛鄙視。

「你們兩個夠了沒有？你們應該一直都很清楚，我是單相……」

「哥，我不想跟你說話！」賀存恩怒吼。

「阿希，你眞是的，眼光怎麼這麼差啦！」孫芫媛伸手拉過賀存恩的手臂，表情極盡嘲諷。

「存恩，芫媛，我說了，閉嘴。」阿希冷著聲音，我從沒見過他露出這麼可怕的表情。

賀存恩想回嘴，卻在看見阿希的臉後安靜下來，孫芫媛跟著噤聲。

店內的客人們好奇地望過來，老闆也走出櫃臺，「怎麼啦，存希，你們在吵架嗎？」

「老闆，抱歉，我們兄弟之間有點誤會，今天就先取消訂位了。」阿希轉身朝老闆露出微笑，接著從口袋裡拿出車鑰匙，「我送她回家，你們兩個也回家。」

「回家？阿希，你該解釋……」孫芃媛又有意見。

「我說了，回家。事情回家後再談，對你們來說這麼困難嗎？」阿希瞪她一眼。

「不，不需要談，很明顯了。」賀存恩握緊拳頭，沙啞地說，「很高興我們分手了。」

他轉身就走，孫芃媛連忙喊他，然後回頭狠狠瞪我，才追了上去。

阿希並沒有看向他們，只是幫我將安全帽扣好，要我上車。

我們在其他人的注視下離開，阿希騎得很慢，我緊抓後方把手，壓抑著不要哭出聲音。淚水沾溼了我的臉頰，連帶安全帽的內墊也像是浸了水一般溼透了。

阿希一如往常將機車停在我家巷口，轉過身發現我的臉上滿是淚痕，他慌張地想找衛生紙，卻怎樣都找不到，最後只能匆匆地用他的衣角幫我擦去淚水。

「存恩在大文是風雲人物，過去曾有我的家教學生拿我當藉口，跑去接近存恩，他對此很反感，所以此後我只要教到大文的學生，就不會說出自己的全名。」他開口解釋，語氣柔和而哀傷。

難怪他會要我叫他阿希，因爲他們的名字只差一個字，如果得知他叫賀存希，就絕對會發現他和賀存恩是兄弟。

「我不知道妳就是存恩的女朋友，存恩沒讓我看過妳的照片，我也沒告訴他妳的名字，誰想得到世界會這麼小？為什麼巧合這麼多，我卻沒發覺？青梅竹馬……就是芫媛啊！」

現在說這些已經太遲了，我們都沒及早察覺，所以用了最糟糕的方式相遇。

「你叫……賀存希……」我喃喃著。

「別提那個名字了，我還是阿希……」他的手伸向我的臉頰，我微微一縮。

「不要躲我，小佟。」他的語氣像是受傷了一樣。

「我曾經是你弟弟的女朋友。」

「但現在不是。」

「你覺得沒有差？你不覺得彆扭？你不在意孫芫媛說的話？」我奮力捶著他的胸口。

「在意又能怎麼樣？」阿希抓住我的手腕，態度如同以往那般堅定，「我們不能改變已經發生的事實。」

我抬頭看他，眼眶裡全是淚水，模糊了我的視線。

「我可以選擇不讓這份感情繼續增長。」我果斷地做出自己認為最好的決定。

也許是因為我從來沒有如此堅決地表達過意願，阿希頓時一愣。如他所言，他向來尊重我的決定，所以他鬆開了手。

「我還是喜歡妳。」阿希的語調依舊輕柔又悲傷，我沒有多做停留，轉身逃離他身邊，回到家中。

在打開家門前，我深呼吸調整好自己的狀態，並用力拍了臉頰兩下，佯裝出開心的笑容，以高亢的聲音喊：「我回來了。」

我刻意情緒高漲地對在客廳看電視的爸媽說今天和阿希去買了哪些參考書、吃了些什麼。媽媽要我好好感謝阿希，沒有他，我的成績不會提升這麼多。

我說我會的，會好好感謝阿希。

然後，我躲進房間，在關門的瞬間落下眼淚。

我不想傷害任何人，也不想被任何人傷害。或許在很多年以後，我會找到更好的方式解決此刻的窘境，可是在這個當下，我不知道自己能怎麼做。

我無法忘記賀存恩的表情，以及他對我怒吼的模樣，他像是遭受到極大的背叛，尤其背叛他的人還是他的哥哥和前女友。

而阿希如此堅定地表示不會改變心意，一路走來，他更是幫助了我許多，然而我選擇的仍是傷害。他回家後還得面對賀存恩和孫芃媛，處境比我艱難多了。

忽然，手機鈴聲大作，我不想接電話，於是掛掉了謝茬恩的來電。接著，我卻發現謝茬恩和羊子青都傳了好幾則訊息過來，班級群組裡也在熱烈地討論著什麼。

再一次的，謝茬恩打了電話來，我下意識接聽。

「到底怎麼一回事啊！阿希是賀存恩的哥哥？」我還來不及驚愕於謝茬恩消息的靈通，她隨即說出更驚人的事情，「孫芃媛說妳玩弄他們兄弟倆，腳踏兩條船！妳快點看我傳給妳的截圖！」

我顫抖著手指，點進和謝茬恩之間的聊天視窗，截圖畫面是孫芫媛的IG頁面。她貼出了我和阿希今天各自在IG上發布的爬山照片，以及之前在遊樂園的照片。她將阿希的帳號與五官打了馬賽克，卻大剌剌地秀出我的臉以及帳號。

下方是一整串的謾罵留言，孫芫媛的朋友們一致認爲她才是眞正與賀存恩匹配的人，許多大文的學生也去湊熱鬧。在那些我甚至不認識的人口中，巫小佟成了一個水性楊花、只想和帥哥沾上邊的花痴。

可是，最讓我感到受傷的，不是這些根本不符事實的指控或留言，也不是毫不相干的人不斷地轉載發這篇貼文，而是我的IG帳號並沒有設成公開，只有我的朋友才能看見我發布的照片，而眼下孫芫媛最有可能拿到的，就是賀存恩的手機。

賀存恩，你用這樣的方式報復我嗎？在網路上散播不實謠言？

「究竟怎麼回事？班上的人現在都在討論！」謝茬恩焦急萬分，稍早她在班級群組裡極力幫我說話，卻換來其他女生的質疑，因爲我和謝茬恩在遊樂園拍了合照，所以她們認爲謝茬恩早就知情，並指責她幫我隱瞞劈腿一事。

「讓妳無辜受牽連了……」我克制不了自己啜泣的聲音，謝茬恩慌了。

「我和子青馬上去妳家……」

「不行！不能讓我爸媽知道，絕對不行！」

「那去雲朵公園，我們說好，那裡是傷心時的避難所。」

於是我找了藉口出門，搭上公車前往雲朵公園，當我抵達時，羊子青和謝茬恩已經站在公園門口。她們兩個來回踱步，一見到我立刻飛奔而來，在她們的擁抱下，我再也無法壓抑自己委屈的心情，大哭了起來，把前因後果一口氣告訴她們。

羊子青將所有最難聽的髒話都用在孫芫媛身上，甚至點入孫芫媛的IG想要回擊，謝荏恩也打算這麼做，但兩人都被我制止。要是戰火波及她們，那該怎麼辦？

「等一下。」忽然，看著手機的羊子青一愣，「賀存恩的哥哥叫賀存希嗎？」

「妳怎麼知道？」我和謝荏恩異口同聲，而羊子青要我們快點看孫芫媛的IG。

那篇貼文已經有一千多人點讚，及一百多則留言，其中有一則留言內容特別長。

首先感謝大家的關心，也謝謝各位的批評指教。但我只想說，干你們屁事？芫媛，妳用這種方式落井下石，只爲了成就妳自己的愛情，那我也不需要再顧及妳的面子。妳不必把課業壓力以及無法得到我弟的嫉妒心理，發洩在小佟身上，高舉著要爲我或我弟討回公道的旗幟，去傷害一個無辜的女孩，這樣的行爲並沒有比較高尚。事實上，小佟身上就是有能吸引我們兄弟倆的特質，而我們只是在互不知情的情況下，以不同的方式各自遇見了她。最後，我在這裡聲明，我們不是公眾人物，且男未婚女未嫁，未經查證就胡亂留言並散布的人，給你們二十四個小時刪除，否則之後我會去警察局備案。

我不敢相信自己的眼睛，阿希居然還到每個轉發此篇貼文的人那裡留下一模一樣的話，有些人馬上刪除，有些人則回以謾罵。

他爲什麼……要自己去蹚這個渾水？他明明安安靜靜的就好，何必一個一個去解釋，何必讓大家把砲火轉移到他身上？

「我對阿希刮目相看了，相比之下，賀存恩是怎麼回事？他不檢討自己和孫芃媛之間過於親密的關係，還允許她用這種方式對待妳？」謝茬恩氣到掉下眼淚，緊緊抓住我的手，「小佟，不要擔心，清者自清。這種無聊的事情，不用放在心上。」

「是啊，就快要期末考了，擔心那個比較重要。」羊子青低語，「我詛咒那些講閒話的人考不上大學，或是答案塡錯格，要不然就是考試那天肚子痛，無法發揮實力。」

「哇，妳的詛咒感覺眞的會應驗，好生活化。」謝茬恩假裝打了個寒顫。

「謝謝妳們。」我吸了吸鼻子，「還好有妳們在。」

「不對，是還好有阿希吧。」羊子青搭上我的肩膀，「在這種時候，越能看出誰是眞正對妳好的，阿希願意出面承擔，不就是眞心喜歡妳的表現嗎？」

「是呀，我就說我支持阿希了。明天我一定要去打賀存恩一巴掌，消消心頭之恨！」謝茬恩露出凶惡的表情。

最後她們送我回家，並和我約定明天先在雲朵公園集合，再一起去學校。她們要陪著我，以防我一個人捱不過眾人批判的眼神。

多虧她們，我的心情輕鬆多了。我知道自己不是孤單一人。

而當我睡前再次點入孫芫媛的IG時，她已經刪掉了那篇貼文。

一想到阿希，我的內心就滿溢著暖暖的感動，我傷害了他，他卻做出如此勇敢的決定。我點開他的聊天視窗，想跟他說謝謝，最後傳的訊息卻是——

「你為什麼要這麼做？」

阿希很快讀取，並且回應：「我寧願承受全世界的謾罵，也不想讓妳受傷。」

隔天，謝茬恩並沒有眞的去打賀存恩一巴掌，因為賀存恩沒有來學校。

他請了三天假，而三天後正是期末考，他在第一堂考試開始五分鐘後才進教室。我原以為他是想躲避大家的目光或是我，卻在看見他戴著口罩時，才發現他似乎是生病了。

我懷著好奇的心情考完第一個科目，其他同學看著我和賀存恩，個個都是一副想問又不敢問的樣子，而率先動作的是謝茬恩。她正準備實行她三天前說過的話，去打賀存恩一巴掌，可是賀存恩卻起身朝我走來。

「那件事情跟我沒關係。」他的聲音沙啞，「芫媛偷拿我的手機，我甚至不知道她做了那些事。」

我說不出任何話，他的眼底充滿歉意，「我不該那樣和妳說話，我不想分手。」

「賀存恩……」

他拿出一張客運的車票給我，「我說過以後要和女朋友一起去那間民宿，而我已經買好車票了。」

「賀存恩，我不能去，我……」

他握住我的手，將車票塞到我手中，「去吧，我求妳。」

他的手好燙，眼神無比哀傷，曾經充滿自信的賀存恩，此刻在我面前成了乞求原諒的脆弱孩子。

這個瞬間，我無法拒絕。我注視著手中的來回車票，眼淚直掉。

「當天來回，不會爲難妳的。我也許犯了很多錯，但現在，我要拋開我的愧疚了。所以小佟，回來我身邊好嗎？」

在全班同學面前，賀存恩如此低聲下氣，只爲換回我們的愛情。曾經他說無法丟下孫芫媛、無法拋下那段讓他內疚的過往，如今卻終於決定放手。

可是太遲了，已經太遲了。

我們都變了，他是在逼不得已的情況下做了選擇，如果不是孫芫媛做出如此過分的行爲，他會選擇離開嗎？

那天在餐廳前對我的怒吼，也許才是他的眞心話。

所以，我把車票塞回賀存恩手中，用力搖頭，「對不起，我眞的不能去，也不會去。」

我不忍直視他的雙眼，卻一定要這麼做。我曾經非常喜歡過他，然而我們最相愛的那段時光早已過去，現在無論做什麼都太遲了。

見我如此堅決，他明白已經沒有別的可能，於是拿回了車票，低聲說：「他是我哥……妳就不能爲了我……別接受他嗎？」

我並沒有接受阿希，雖然只是現在還沒有。

但阿希都如此勇敢地面對了，我如果再逃避又算什麼呢？

「對我來說，他不是你哥哥賀存希，而是我的家教老師，阿希。」

賀存恩神情淒楚，轉身回到座位，其他同學們靜靜看著一切，不發一語。

身爲當事人的我們，都已經接受了這樣的結果，接受了情感的消逝，以及分開的事實。不相干的人，又有什麼立場說話？

平靜地度過三天的期末考試，迎來暑假，我並沒有告訴阿希自己的抉擇。雖然我決心不再逃避，但這麼快就改變和阿希之間的關係，對事情不會有幫助。

然而就在暑假的第二個禮拜，阿希打了電話來，我猶豫了下，最後還是接起。

「存恩說要去花東的一間民宿，這件事妳知道嗎？」

我一愣，想起他考試前給我的那張車票，上頭的出發日似乎正是今天，「他要自己去？」

「他留了一張紙條在桌上，說他要去調適自己的心情，但花東太遠了，我怕他……總之，妳知道他要去花東的哪裡嗎？」

「來接我，我知道在哪。」

幾分鐘後，阿希騎著機車來到我家樓下。許久未見，阿希的頭髮長了些，模樣也憔悴不少。他對我露出微笑，將安全帽戴到我頭上，輕柔地爲我扣好。

「你還好嗎？」

「還好。」他簡短地回應，我上了後座，告訴他賀存恩那張車票的發車時間，以及是哪家客運和哪間民宿。

我又問他這段日子是怎麼過的，和賀存恩的關係如何。

「我爸媽不知道這些事，只以爲我們兄弟是普通的吵架。存恩從來沒有生氣這麼久過，我當然也明白事情沒辦法這麼容易解決。可是……」阿希握緊手把，「我也不想放棄妳。無論我怎麼做，都會傷害到他人。」

「你會後悔嗎？」我想也沒想地脫口問，「後悔教到我這個學生？」

阿希在紅綠燈前方停下，並沒有回頭看我，只是用堅定不移的語氣回應：「不會。若時間重來，我還是會喜歡上妳。」

我抱緊阿希的腰際，感到熱淚盈眶，期盼著很久很久以後，此刻的眼淚都能化作甘甜。

當我們抵達客運站時，賀存恩要搭的車還有十五分鐘才發車，而有另一臺客運正準備離站。司機先生喊著還有兩個空位，一名背著大背包的男人急忙從另一邊跑來，表示他還沒上車。

司機先生看過他的票後，改口喊：「還剩一個空位，有沒有單獨一位的乘客要先上車？」

賀存恩起身，把他的票拿給服務人員看，服務人員朝司機說：「有一位下一班的乘客要提前上這班車。」

「賀存恩！」我大聲呼喚，而賀存恩一愣，東張西望地尋找，發現我之後，他綻開笑容，但是一看到我身後的阿希，他頓時又冷下臉。

「你們還有臉一起出現在我面前？」他的話語猶如利刃，「我眞希望永遠不會再看見你們。」

「等等！存恩！」阿希衝上前，卻被司機先生攔下，於是他只能在遊覽車門口喊著：「等你回來再好好談，我們都不要逃避！」

車上的人朝我們望來，可是賀存恩沒有半點反應。

「發車時間到了，不好意思。」司機先生說，客運公司的服務人員也過來擋住阿希，於是我們只能站在原地，眼睜睜看著車子駛離。

「不要緊的，至少他今天晚上就會回來了。」阿希說，只是眉頭依然緊皺。

我的內心湧起強烈的不安，賀存恩的話令我十分痛苦。

「在賀存恩原諒我們以前，我們就先保持這樣的關係吧……」

阿希點頭。

當時的我們都認爲，那樣的狀況不會持續太久。

第十二章

「你們昨天……吵架了嗎？」

當那個女人來跟我搭話時，我一時沒意會過來，直到她又把問題重複一遍，我才明白昨晚的爭執她都聽到了。

「沒有，只是一點口角罷了。」我無力地笑了笑，看著面前這個我連名字都還不知道的女人。她的肌膚白皙細嫩，在炙熱的沙灘上依舊穿著一件白色外套，裡頭同樣是白色的泳衣若隱若現。

「啊，我叫唐語琦。」她朝我伸手，面帶友善的笑。

我猶豫了一下。需要告訴她我的名字嗎？會不會徒增麻煩？

最後我選擇微微一笑，並沒打算與她握手，可是她卻歪著頭，疑惑地再次對我展露笑容，手也沒收回去。

「我叫小佟。」我只好伸出手與她握了下，並望了站在海灘另一頭的他一眼。昨夜他很晚才回房，我們幾乎整夜沒睡，此時他正在幫忙黃柊笙整理潛水裝備。

「你們原本不是有安排其他行程？」她好奇地問。我搖搖頭，表示我們改變了主意。

「這樣呀，太好了。話說家齊他……我男友叫梁家齊，他其實怕水，不過我很想嘗試，所以他才陪我一起報名潛水。」唐語琦笑嘻嘻地說。

黃柊笙領著一群人走過來，梁家齊落在最後，手裡拿著好幾件潛水衣與裝備。

而他走到我坐著的遮陽傘下，將潛水面鏡與呼吸管交給我，黃柊笙則把潛水衣發給每個人。

我已經換好泳衣，所以接過潛水衣後直接套上，他也在穿好潛水衣後，替我戴上潛水面鏡。

「我自己可以……」我低聲說。

他不理睬我，手上動作未停。

「啊，建議女孩子要把頭髮綁起來，或使用頭套，以防頭髮在水中亂飄。」黃柊笙說。

唐語琦脫下白色外套，在她胸口中央有條怵目驚心的疤痕，引來眾人驚異的目光，她卻毫不介意地穿上潛水衣。梁家齊注意到了，朝眾人微微一笑，大家才趕緊撇過視線，將裝備穿戴好。

黃柊笙咳了一聲，開始講解潛水時的注意事項，並教導大家如何在海水中調整耳壓，以及當面鏡進水時該怎麼排水，「請各位隨時注意我的手勢，要是覺得不舒服，千萬別硬撐，一定要立刻告訴我。」

下水前，我們一行人先在岸邊暖身，並在淺海處練習基本的潛水技巧。黃柊笙逐一爲參加者檢查過裝備後，便帶領我們朝較深的地方游去。

雖然每個人都背著沉重的氣瓶，但一潛入海中，身上的重量瞬間消失，好像所有壓力都被這片海給吸收了，除了自己的心跳，再也聽不見其他聲音；除了滿眼的蔚藍，再也看不見其他東西。

我們四人隨著黃柊笙來到珊瑚礁群聚的區域，色彩斑斕的魚群穿梭其間，美不勝收。

我的手被身邊的他握住，他握得很緊，像是怕我在海中迷失。我朝他看去，然而我們之間隔著一串又一串呼吸調節器所排出的泡泡，讓我看不清他的眼神，也看不清他的表情。

我忽然很想哭，他彷彿也感受到我的情緒，更加握緊了我的手。

黃柊笙取出麵包分給我們，示意大家拿在手上，吸引魚群主動游過來啄食。

他一隻手拿著麵包逗弄魚群，另一隻手卻依然握著我的手。

我想起他昨夜的反應，想起我的失聲痛哭。

這是最後了嗎？真的是最後了嗎……

我們還有明天嗎？

頓時，我感到呼吸困難，鼻腔像是進水了似的，慌亂之下，我的手指不由得一鬆，麵包從手中脫出，引得魚群爭先恐後搶食。我摀住胸口，明明口中的呼吸調節器正不斷冒出泡泡，但我仍痛苦不已。

他發現我的異狀，趕緊朝黃柊笙招手，一行人迅速返回海面，我立刻扯下面鏡和呼吸器，大口大口地喘息。

「妳還好嗎？」他雙手抓住我的肩膀，眼底滿是關切。

「對不起，我沒事……」我看向一同浮出海面的唐語琦和梁家齊，「不好意思。」

「沒關係，要不要回岸邊休息？」唐語琦問。

我搖頭，「我自己回去就好，你們繼續潛水吧。」

畢竟潛水活動的費用並不便宜，總不能因爲我而浪費掉。

然而他說要陪我一起上岸，讓黃柊笙再次帶著唐語琦他們潛入海中。

他始終沒有放開牽著我的手，一回到岸邊，我便想掙脫他的手，他卻不放。這些年以來，他從來沒有如此強硬過。

直到走回遮陽傘底下，我再也忍不住了。

「阿希。」

他一愣，表情如此淒楚，如此哀傷，如此脆弱，彷彿風一吹，就能將他整個人吹散。

「我們還有明天嗎？」我顫抖著聲音問，心中參雜著害怕、自責與痛苦。

「我們會有明天的。」他終於鬆開我的手，脫下潛水衣，露出肌肉結實的上半身，在野餐墊上坐下，扭開一瓶礦泉水。

「那後天呢？」我跟著坐到他身邊，「你決定了嗎？」

「妳還感到痛苦嗎？」他看著我，眼神裡眞眞切切地充滿了愛意，儘管一切都已經變調。

我和他早已在那年就死去，接下來的人生都過得如行屍走肉，苟且偷生。

「我沒有一天不痛苦。」我把手壓在胸口，縱使脫離了海水，我依舊呼吸困難，「但我從沒後悔喜歡上你。」

他勉強勾起唇角，並伸手要攬住我，可是當他的手指一碰觸到我的肩膀，強烈的罪惡感便毫不留情襲來，我知道他和我一樣都想起了賀存恩。

於是阿希猛然一退，與我拉開距離。

正因爲我們都不後悔，才更加生不如死。

我們不能在一起，也不能分開，無論選擇哪條路，對賀存恩都是背叛。

當天晚上，民宿老闆娘準備了烤肉當作晚餐。相較於我和阿希，唐語琦和梁家齊這對情侶簡直就是連體嬰，兩人時時刻刻寸步不離。

我一看見唐語琦，就想起她胸口上那道明顯的傷疤。

根據傷疤所在的位置判斷，她應該是動過心臟手術，年紀輕輕就經歷這種手術，讓我有些訝異。

當唐語琦正要喝下啤酒時，我忍不住出聲制止，她和她男友先是一愣，接著相視而笑，唐語琦張了張嘴，似乎想說什麼，但梁家齊阻止了她。

「這不就是我們來這裡的目的嗎？」

「說好要保密……畢竟那是違法的……」

兩人低低的耳語隱約乘著夜風傳來，似乎是在爲了什麼事情爭論。

最後大概是唐語琦爭贏了，她再次喝了口啤酒、吃了塊烤肉後，才開口：「我動過心臟手術，大家下午都看見我身上的疤痕了吧。」

黃柊笙有些尷尬地笑了下，「抱歉，我不是故意要亂看……」

「我沒有想責怪大家的意思，我很感謝那道疤痕，我是因此才能繼續活著。」唐語琦握緊雙手，「這趟旅程對我來說很重要，是重生之旅。」

聞言，我和阿希對視一眼。

多麼諷刺啊，同樣住在這間民宿，這趟旅程對他們來說居然是重生之旅。

「我動的是心臟移植手術。」唐語琦說話時，雙眼瞬也不瞬地注視著黃柊笙，而他彷佛突然領悟了什麼，渾身一僵，連帶停下了烤肉的動作。

「眞的很抱歉，我們無意打擾，我知道這對你們來說是……可是……可是我們眞的很想來見見……」梁家齊連忙起身，慌張地向黃柊笙道歉。

我和阿希不清楚狀況，只能安靜地坐在一旁。

黃柊笙放下手上的烤肉夾，聲音沒了之前的活力，「醫院不是應該要保密嗎？」

「我偷看過捐贈者的病歷。」梁家齊解釋，「不過其實我只知道對方是位男性。」

「那你們怎麼會……」黃柊笙提高音量，隨即朝民宿內瞄了一眼，似乎是怕被老闆娘聽見，又壓低了聲音，「你們怎麼會找來這裡？」

唐語琦也站了起來，漂亮的眼睛裡泛著晶瑩淚光，「我不知道你信不信，但自從接受心臟移植後，我時常夢見一幕景象，有一棟建築坐落在海灘附近，牆壁是白色的，屋頂則是極爲美麗的藍色。」

「我問過醫生，這會不會是捐贈者殘存的記憶，他是不是就住在那裡？可惜醫生不願透露，所以我才會去偷看病歷，想幫語琦找出眞相。」梁家齊的手搭在唐語琦肩上，「我們很想相信那是捐贈者的記憶，因此這些年來，我們在國內不斷地四處尋找符合條件的建築。」

「昨天一來到這裡，看見這間民宿，我便有種異常熟悉的感覺，而見過你和老闆娘後，我的內心更加躁動，之後發現牆壁上的照片，我就覺得……應該是了。」唐語琦掉下眼淚，走到黃柊笙面前，「我這麼做，也許會造成你們家的困擾，甚至帶來二度傷害，可是我的心一直在找這個地方，所以我一定要來。」

「我們原本沒想把這件事說出來，只打算住個幾天就離開……」梁家齊眼中流露出歉意。

黃柊笙一句話也沒說，逕自轉身返回民宿，留下錯愕的梁家齊和唐語琦。

「所以是黃柊笙的家人過世了，對方生前同意器官捐贈，而妳就是其中一位受贈者？」阿希迅速從剛才的對話中理出頭緒。

唐語琦點點頭，「是那個人讓我重獲新生，我想來看看他生活過的地方，而且他一定也想回來看看。」

我和阿希再次對視一眼。有的人因爲重獲新生而造訪這間民宿，有的人則是爲了迎接死亡而來。

這是何等諷刺，難道眞的是上天的安排，讓我們雙方在此地相遇？

唐語琦和梁家齊神情悲傷，陷入了沉默。

過沒多久，黃柊笙和老闆娘一起出來，老闆娘滿臉驚訝，眼眶含淚，走到唐語琦面前定定地凝視她。

「是妳嗎？眞的是妳嗎？」老闆娘的語氣溫柔得令人心碎，「我兒子的心臟，正在妳的身體裡跳動著啊……」

唐語琦用力點頭，淚流滿面，下一秒，兩人緊緊相擁。

這一幕是如此美麗，我深受感動，然而內心的情緒卻又非常複雜。我咬著下唇，不知該如何反應，一旁的阿希也握緊拳頭。

晚餐結束後，唐語琦和梁家齊待在民宿大廳與老闆娘說話。

雖然黃柊笙要我和阿希早點回房休息，但我們都不想回房，於是主動留下來幫忙收拾。

大概是事發突然，黃柊笙終究壓抑不了翻騰的情緒，深嘆了口氣後，對著非親非故的我們開始述說：「當年，我哥哥出了很嚴重的車禍，急救了幾天，最後仍判定腦死，他生前曾簽署器官捐贈同意書，所以我們遵照他的遺願，捐出所有還可以使用的器官。」

「我媽一直想知道我哥的器官捐給了誰，是否幫助那些人活了下來，但是基於保密原則，我們根本不可能得知。所以當那個女孩說……她曾在夢中多次看見這間民宿時，我真的覺得很不可思議……」黃柊笙話音哽咽，「遺愛人間，我還是第一次對這句話有這麼深刻的體悟。」

我只能勉強扯動嘴角一笑，阿希亦然。

相較於唐語琦和梁家齊來這裡的動機，我們這趟旅程的目的，絕對不是黃柊笙所樂見的。

「我要把這件美好的事寫在小本子上，就像我哥一樣。」

「小本子？」我好奇地問。

「我哥大我很多歲，他熱愛旅行，總是到處跑，還會將旅行過程中的所見所聞記錄在小本子裡。自從他離開後，我也開始有了同樣的習慣，常把在民宿工作時所遇到的事情，或者潛水時所看見的景物，簡單地記錄在小本子中。」黃柊笙有些不好意思。

「喔？感覺滿有趣的。」阿希多半只是隨口說說，但黃柊笙卻告訴了我們放小本子的地方。

「就放在櫃臺旁邊的小書櫃上，旁邊還有留言本。」

原來就是昨天看到的那個櫃子，「大家都能看嗎？」

「是呀，有興趣的話歡迎翻閱。包含我哥以前所寫的本子也放在一起。」

把遺物供人觀賞，這樣好嗎？

我沒將自己的疑問說出來，阿希卻問了，黃柊笙一點也不覺得被冒犯，反而驕傲地說：「那是我哥留下的回憶，裡頭全是他曾經歷過的一切。他所遇見的人事物都是眞實存在的，將那些溫暖的記憶傳承下去，我認爲沒什麼不好，我想我哥一定也會希望我這麼做。」

也對，光是憑他哥哥簽署了器官捐贈書這點，就能明白他哥哥的爲人。

「那我們先回房休息了。」東西收拾得差不多之後，阿希說。

「好好休息。」黃柊笙點點頭，「對了，你們是明天離開，還是後天呢？」

我和阿希同時一愣，我有些不安地望著阿希。我還沒決定好，那他呢？

「我們還沒決定，明天早上再跟你們說。」阿希微笑。

「好，祝你們今晚有個好夢。」

我們也向民宿老闆娘和唐語琦他們道了晚安，在上樓前，我多看了一眼那個三層書櫃。

一進入房內，阿希便鎖上門，然後打開衣櫃拿出那個黑色行李箱。

「我想到了，在海中如何？今天潛水時看了海底的景色，我覺得挺美的。」阿希將行李箱放平，解開了密碼鎖，將拉鍊往兩旁拉開。

「我們不是約今晚……」

「難道妳反悔了？」阿希停下動作，仍背對著我。

「不是，我只是還沒考慮好。」我顫抖著。

「因爲聽了感人的重生故事，所以妳猶豫了？」阿希鬆開手，站了起來。

「不，我一直都還沒考慮好，但我確實想從這份煎熬中解脫。」

「我也想啊！所以我們才來這裡不是嗎？」阿希用力將行李箱打開，並轉過頭，神情痛苦，「才來到這間存恩一直想來的民宿！」

我們，都變成了什麼樣子？

我有多久沒看見阿希的笑容了？有多久沒聽他說面對任何事都要豁達灑脫？又有多久……沒從他口中聽見賀存恩的名字？

「存恩因爲我們而死了！我們怎麼能心安理得地活著？」他忽然跪了下來，掉下眼淚。

「不——不——賀存恩他……他……」

當年，賀存恩連民宿都還沒抵達，所搭乘的那輛客運便在國道上翻覆了。

那場車禍死傷慘重，賀存恩幾乎是當場氣絕，我與阿希接到通知時都不敢置信。

我們還等著他回來，等著和他好好談的。

他最後對我們說的話，是永遠不想再見到我們，竟一語成讖。

無止盡的悔恨與痛苦淹沒了我們，要不是因爲我們，賀存恩不會去買車票，不會搭上那班客運。或者，如果我答應跟他一起去的話，賀存恩就不會提前上了那班剛好只剩一個空位的客運。

賀存恩是我們害死的，他帶著憎恨我們的心情死於非命。孫芫媛和古牧然都無法原諒我，更不諒解阿希。不過，我們的父母卻都表示不是我們的錯，是冥冥之中注定好的。

但是……我和阿希無法不去想，若那個時候我們能做些什麼，也許賀存恩今天還會活在這個世界上。

更讓我們痛苦的是，我與阿希，從來沒後悔過愛上彼此。

賀存恩的死，是因爲我們相愛。然而即使時間重來，我依舊會喜歡上阿希。

我摸上阿希的臉頰，他滿臉淚水，伸手抱緊了我。

「我們只是互相喜歡而已……爲什麼會這樣……」

他悲痛的聲音聽在我耳中，彷彿無數利刃刨著我的心。

視線因淚水而矇矓，我看向那個黑色行李箱。

裡頭裝的不是阿希的行李，而是可以結束我們生命的東西。

我們來到賀存恩當年抵達不了的地方，打算在此結束生命，這是我們唯一能用以贖罪的方式。

活著，我們身心煎熬，既不能在一起，也不能分開。沒人原諒我們並不打緊，因爲我們眞正需要懺悔的對象，是已經不在世上的賀存恩。

我和阿希並不想死，卻也不想活。

我們把這趟旅程當作死亡之旅，如果來到賀存恩生前最想來的地方後，我們仍無法原諒自己，無法找到悔恨的出口，那麼我們便會在第三天的夜晚一起結束生命。

而若我們決定再給自己一次機會，認爲活著承受愧疚才是對賀存恩最好的贖罪，那麼我們就會在第三天離開，回到臺北，回到被眾人唾棄的生活。

「所以你決定了嗎？」我在他耳邊輕聲問。

「妳決定了嗎？」他啞著嗓音反問。

我要做一件我早就該做，卻一直沒做的事情。

我伸手，環抱住他，「你的決定，就是我的決定。」

無論生死，我都與他相隨。

「那我們去找存恩謝罪吧。」他說。

「嗯。」我的淚水落了下來。

決定赴死後，心情反而輕鬆了不少，也許是因爲終於能解脫的關係。抱持著這樣的心情，我們打算再去外頭走走。

一樓沒有半個人影，唐語琦他們大概都回房了。一打開民宿大門，外頭的冷風迎面吹來，讓我打了個冷顫。

「夏天的夜晚怎麼還這麼涼？」我吸著鼻子，「我上樓拿外套好了。」

「我上去拿吧，妳在這等。」阿希說完便走上樓。

我待在一樓打轉，再度看見那個三層書櫃，我走過去翻了翻上頭的留言本。裡面大多是以前的房客所寫下的留言，可以看到「海很漂亮」、「東西非常好吃，房間乾淨」、「下次還會再來的」之類的內容。

正當我要闔上本子時，剛好瞥見一則幾乎寫滿一整頁的留言，於是不禁多瞧了幾眼。

這位留言者提到，他曾經遇見過黃柊笙的哥哥，從黃大哥口中聽說了這間民宿，多年後終於有機會來訪時，卻得知黃大哥已經過世，爲此十分震驚與難過。但是他在黃大哥的隨筆中，發現他倆相遇的故事被記錄了下來，頓時又感動萬分。

這則留言引起我的好奇，於是我彎下腰，從書櫃裡隨意選了一本比較舊的筆記本翻閱。

頁面上方寫著日期，約莫是我高一的時候。黃大哥的筆跡清晰，還配合著插圖，十分隨性地記錄著所見所聞。

走在下雨的南投山間，望見有對銀髮夫妻共撐著一把傘，彼此雙手緊握。世間最美的愛情大概莫過於如此。

這段文字搭配了生動的插圖，令人彷彿身歷其境。

這麼美的小學居然眞的存在於臺灣。我遇到裡頭的老警衛，他說自己也是這間國小畢業的，而且還在學校裡認識了現在的妻子。這是偶像劇吧。

這段文字則附上他與老警衛的合照。

錢包不見了，所以今晚沒地方睡。去警察局報案後，身無分文的我只能暫時睡在公園，有趣的是，有個流浪漢還把報紙分給我蓋。我和他聊了幾句，他提到自己以前曾是大老闆，因爲簽六合彩輸光了錢，結果只好跑路。後來變成流浪漢，當流浪漢沒人會多看他一眼，他感到很安全，於是每晚都睡得很好。

旁邊是他與一個人躺在公園涼亭裡的插圖。

「走吧，妳在看什麼？」阿希從樓上下來。

「沒什麼。」我把筆記本闔上，準備放回書櫃，手卻突然像是被人用力打了下。我嚇了一跳鬆手，筆記本掉到地上攤開。

「妳在做什麼？」阿希疑惑地走近。

「我好像撞到……」當我彎腰要撿起筆記本時，看見了那一頁的插圖，畫的是客運的內部。但吸引我的不是這點，而是畫面中一個男孩的側臉。

看樣子是速寫，不知道爲什麼讓我想到了賀存恩。

我拾起本子閱讀，阿希問我怎麼回事，而我已經不知不覺淚流滿面。

「阿希，你看這個，你看——」

我正坐在回家的客運上，身旁的男孩心情似乎不是很好，所以我向他搭話了。一開始他不太理我，但他怎麼看都像是未成年，所以我不屈不撓地問他要去哪，結果好巧不巧，他要去的地方就是我家開的民宿。大概是由於這層原因，他才告訴我，他哥哥喜歡上自己的前女友，剛才車外引起騷動的那兩人就是他們。

「其實我知道事情已經無法改變，我也沒有生氣的理由。我明白哥哥的爲人，更清楚前女友是什麼樣的個性，只能說一切都是上天的惡作劇。」

他的意思差不多是這樣，明明還只是個孩子，看起來卻有點帥氣，所以我把他畫了下來。

我也有個弟弟，要是有天柊笙和我喜歡上同一個女孩，我想我也會生氣，但最終會和這個男孩做出一樣的結論。

「我愛他們，祝他們幸福。」

他這麼說。

「這是賀存恩對吧？是賀存恩吧？」我拿著筆記本連聲問，阿希睜圓了眼睛，不敢置信地盯著那些文字和插圖。

「有這種事情？有這麼巧？」

「咦？你們要外出嗎？」黃柊笙推開大門，從外頭進來，瞧見我們後頓時一愣，「怎麼了嗎？」

「你哥哥出的那場車禍，難道是國道客運翻覆意外嗎？」我急迫地向他確認，黃柊笙被嚇了一跳。

「是啊，怎麼……」

阿希跪了下來，將筆記本抱在懷中，痛哭出聲。

「發生了什麼事？」黃柊笙摸不著頭緒，而我早已泣不成聲，走回阿希身邊抱住他，與他一同哭泣。

尾聲

「都整理好了。」我將自己的行李箱闔上，而他還站在陽臺，黑色行李箱靜靜放在房門邊。

我走到他身後，沒有太多猶豫，從後面環抱住他。

太陽從海平面緩緩升起，灑下一片金黃，照亮了我們，讓我們拉長的影子落在黑色行李箱上。

我沒仔細看過那裡面裝了些什麼，我也不知道我們原本會用什麼樣的方式離開。

但是此刻，我們眼前是明亮的朝陽，他的手掌覆上我的手臂，輕輕往後仰頭，靠上我的額頭。

「我們，要退房了嗎？」我輕輕問。

「嗯。回家吧。」他如此回答。

全文完

後記
人生總是有虐有甜

又是一個新系列了，感覺二〇一八年才剛開始，怎麼馬上就快要過完了呢？回首看了看自己在一月時寫下的今年期許，我只想說，老天，還是別看了的好。

首先謝謝許多小Misa時常在粉專及IG與我互動，讓我有時會覺得，雖然明明已經離學生時代很遙遠了，那些點滴卻又彷彿就在昨日。

聽聞你們的校園生活和煩惱時，總會讓我想起青澀時代的自己，腦中浮現「我也有過那種時候呀」、「我也曾如此煩惱過呢」、「現在的我應該可以處理得更好了吧」等想法。

感謝網路的無遠弗屆，串起不同年齡層甚至生活在不同地區的我們。

賀存恩跟巫小佟從一開始的互看不順眼，到後來因爲尋狗事件而拉近距離，進而相戀，對於這段劇情，有追蹤我的IG的小Misa們，一定感覺很熟悉吧？

我曾利用限時動態舉辦過一個小活動，叫做「你的決定？」當時就是想讓劇情按大家票選的結果發展，所以這個死對頭轉爲曖昧關係的關鍵事件，正是由你們做出了選擇。

也就是說，如果當時票選的結果不一樣，這段劇情發展也就會不一樣了！是不是很有趣呢？（還是只有我自己認爲有趣？）要是看不懂這段在說什麼，可以到我的IG頁面查看，我有保存下來喔。

每當新的作品開始連載時，總會有許多小Misa詢問我：「故事是虐的嗎？」

一直以來，我都沒有特別覺得自己寫的是甜文或虐文，畢竟故事結束了，但他們的人生並沒有停留在那裡，眞實的人生本來就是有甜有虐。

例如主角和初戀對象分手了，若小說的結局停在分手，那就是虐的了嗎？而如果與初戀分手後，主角遇到了另一個人，故事變成從分手敘述到與那個人相戀並在一起，那就是甜的了嗎？

所以我總是模稜兩可地回答：「我覺得不虐呀！」

有人說，現實中的人生已經很辛苦了，所以小說裡的世界應該快樂些才對。

可是賀存恩和巫小佟在曖昧與相戀的初期，不是很快樂，也很甜蜜嗎？

有的時候，誰也沒有錯，只是不巧走上了一條充滿荊棘的路。

巫小佟一開始問「我是不是做錯了？」到後來變成問「我們做錯了什麼？」以及那句「難道不是我們兩個都有責任嗎？」在在說出這些年來她內心的煎熬。這份煎熬源於自責，而不是後悔，正是因爲不後悔，所以她才更加感到痛苦萬分。

巫小佟總是習慣逃避，即便到了最後，她也是把選擇權交給阿希，讓阿希決定一切，自己則選擇相隨。這段旅程，不也是一場逃避嗎？

相較於唐語琦和梁家齊（有發現兩人的名字最後一個字發音相同嗎？）將他們的旅程稱作重生之旅，巫小佟對此覺得格外諷刺，不過在故事的結尾，那從海面升起的旭日，象徵的不就是重生嗎？

至於當巫小佟要把筆記本放回書櫃時，那一下究竟是誰打的，我想無需明說了。

關於這次的系列名稱是什麼，其實我認爲不難猜，下一本書的女主角也已經出現在這個故事裡了，大家可以猜猜看。由於我自己也是會先偷看後記的人，很明白許多人都有這樣的壞習慣，所以在這裡我就不透露太多了。

撰寫結局時，我曾想過是否太過倉促，但想想，有時確實會因爲一念之間的轉變，就令問題迎刃而解，因此我便讓故事停在日出時分的歸途。

最後，二〇一八年的我身體一直在發出抗議之聲，所以想特別提醒大家，一定要好好保重身體。無論打算做什麼事情，都必須擁有健康的身體，才有辦法去做。

就讓我們先從早睡開始吧！

那麼就下次見了。

Misa

國家圖書館出版品預行編目資料

我在昨天等你／Misa著. -- 初版. -- 臺北市；城邦原創出版 ： 家庭傳媒城邦分公司發行, 2018.09
面；公分

ISBN 978-986-96968-0-7（平裝）

857.7 107015700

我在昨天等你

作　　者／Misa
企畫選書／楊馥蔓
責任編輯／陳思涵、楊馥蔓、陳俐伶

行銷業務／林政杰
總 編 輯／楊馥蔓
總 經 理／伍文翠
發 行 人／何飛鵬
法律顧問／元禾法律事務所　王子文律師
出　　版／城邦原創股份有限公司
台北市中山區民生東路二段 141 號 6 樓
電話：(02) 2509-5506　傳真：(02) 2500-1933
E-mail：service@popo.tw
發　　行／英屬蓋曼群島商家庭傳媒股份有限公司城邦分公司
聯絡地址：台北市中山區民生東路二段 141 號 11 樓
書虫客服服務專線：(02) 25007718・(02) 25007719
24小時傳真服務：(02) 25001990・(02) 25001991
服務時間：週一至週五09:30-12:00・13:30-17:00
郵撥帳號：19863813　戶名：書虫股份有限公司
讀者服務信箱 email：service@readingclub.com.tw
城邦讀書花園網址：www.cite.com.tw
香港發行所／城邦（香港）出版集團有限公司
地址：香港灣仔駱克道 193 號東超商業中心 1 樓
email：hkcite@biznetvigator.com
電話：(852)25086231　傳真：(852) 25789337
馬新發行所／城邦（馬新）出版集團 Cité(M)Sdn. Bhd.
41, Jalan Radin Anum, Bandar Baru Sri Petaling,
57000 Kuala Lumpur, Malaysia.
電話：(603) 90578822　傳真：(603) 90576622
email:cite@cite.com.my

封面設計／黃聖文
電腦排版／游淑萍
印　　刷／漾格科技股份有限公司
經 銷 商／聯合發行股份有限公司
電話：(02)2917-8022　傳真：(02)2911-0053

■ 2018 年 9 月初版
■ 2022 年 10 月初版 12 刷
Printed in Taiwan

定價／260元

ISBN　978-986-96968-0-7